BBULMEDIA

http://www.bbulmedia.com

Dragon Rider

이정규 판타지 장편 소설

드래곤 라이더

4

용아족의 땅

목 차

1. 캐서린의 죽음

다크 메인이 드래곤스에 도착하기 전날 엘비스의 마지막 명을 받은 기사단장들은 눈물을 감추고 교장실을 나왔다.

　"나는 자네들과 여기서 헤어져야 될 것 같군."

　"몸 조심하세요, 해프리스."

　"곧 만나게 될 텐데 뭘 이렇게 영원한 안녕처럼 인사는 나누시나요?"

　"용탄자를 꼭 구해 내세요."

　해프리스는 브리스, 웬트람, 제이와 차례대로 악수를

나누고는 서둘러 드래곤스 입으로 향했다.

엘비스의 마지막 명을 수행하기 위해 드래곤스를 나서는 해프리스의 뒷모습에 세 명도 서둘러 트래퍼스가 있는 기숙사 방으로 향했다.

"드러러러러렁!"

트래퍼스는 지금 어떤 상황인 줄도 모른 채 태평스레 잠을 자고 있었다.

엘비스와의 브레스 수업이 상당히 고됐는지 코까지 골면서 참 맛있게 자고 있었다.

"트래퍼스!"

갑자기 문을 확! 열고 들어오는 선생님들 때문에 화들짝 잠에서 깨어난 트래퍼스는 깜짝 놀라 침대에서 굴러떨어지고 말았다.

"으음…… 벌써 수업 시작인가요? 교장 선생님은 어디 계세요?"

"시간이 없어! 어서 짐을 챙겨라!"

브리스의 다급한 목소리에 트래퍼스는 영문도 모른 채 서둘러 짐을 챙겼다.

"따라와."

트래퍼스는 짐을 챙기자마자 선생님들에게 붙들려 드

래곤스 입으로 향했다.

"농담이라도 해서 엘⋯⋯."

브리스는 웬트람이 말실수를 하려고 하자 팔꿈치로 쳐서 말을 못하게 했다.

드래곤스 입에 도착한 그들은 서둘러 드래곤들을 폴리모프 해제시키고 등에 올랐다.

선생님들의 모습에 트래퍼스도 얼른 그렁키를 폴리모프 해제시켜 등에 올라 눈치를 살폈는데 선생님들은 목적지도 가르쳐 주지 않고 바로 날아올랐다.

"도대체 어딜 가길래 이렇게 급하게 가는 거야?"

그렁키는 선생님들의 드래곤을 따라가며 트래퍼스에게 물었다.

"나도 모르겠어. 무슨 급한 일인 모양이야."

선생님들을 따라 얼마나 상공을 날았을까 트래퍼스의 눈에 상당히 낯익은 숲이 나왔다.

트래퍼스는 나무들이 유달리 울창한 이 끝없이 펼쳐져 있는 숲을 내가 어디서 봤을까 생각하며 점처럼 보이는 버려진 마을 그린포트를 보고서야 케이린 숲이라는 것을 깨닫게 되었다.

"이야~ 숲 한 번 엄청 크네."

트래퍼스는 케이린 숲의 상공을 날면서 바다처럼 지평선을 그리고 있는 숲의 크기에 놀랄 수밖에 없었다.

식인 드래곤의 마법에 걸리는 바람에 그린포트 인근만 빙글빙글 돌았던 때 보았던 케이린 숲과는 비교가 되지 않았다.

푸른 지평선을 보며 얼마나 비행했을까?

수천 그루의 나무가 뭉쳐진 가지와 잎이 유달리 풍성한 나무가 저 멀리서 보였는데 가까지 다가갈수록 그 나무의 크기를 실감할 수 있었다.

"린푼드라! 우드엘프의 왕궁이죠! 꼭 거인들이 사는 나무처럼 생겨먹은 고층 빌딩 같지 않나요?"

웬트람은 63빌딩 서너 채를 합쳐 놓은 것보다 더 큰 나무의 위용에 입을 다물지 못하는 트래퍼스에게 친절히 설명해 주었다.

"이쯤에서 하강하는 게 좋겠어요. 여기서 더 들어가면 아마 화살이 날아올 것 같아요, 브리스."

"서로의 의견을 존중해 줘야 하는 거 아닐까요? 우리들 중에 화살 꼬치가 되고 싶은 사람이 있을 수도 있잖아요."

"흰소리 그만하고 어서 하강해요. 트래퍼스, 잘 따

라와."

선생님들은 그저 놀라워하는 트래퍼스를 데리고 하강하여 린푼드라 인근 숲에 착지하였다.

역시 우드엘프의 왕궁 근처라 그런지 경비가 삼엄해 일행이 착지하자마자 무장한 우드엘프들이 이들을 둘러쌌고 이들을 이끄는 우두머리로 보이는 이가 다가왔다.

"드래곤 라이더들이 린푼드라에는 어쩐 일로 오신 겁니까?"

다가온 우드엘프는 화살을 시위에 메긴 채 물었는데 마치 질문의 답이 만족스럽지 않다면 바로 화살을 날릴 기세였다.

"우리들은 엘비스의 명을 받고 온 폰테인 기사단의 기사단장들이에요. 린 여왕 폐하께서는 어디 계시죠?"

우드엘프는 그제야 메긴 시위를 풀며

"고결하신 분들께 무례를 범했습니다. 용서해 주십시오. 요즘 불길한 징조들이 보여 경비가 한층 강화되어 어쩔 수 없었습니다."

기사단장들에게 머리를 숙여 사죄했다. 그러고는 뾰족한 귀를 쫑긋쫑긋하며 주위를 둘러싼 이들을 해산시키고 기사단장들과 트래퍼스를 린 여왕에게로 안내했다.

"이쪽으로."

우드엘프의 안내를 받아 린푼드라 내부를 본 트래퍼스는 입을 다물 수가 없었다.

곳곳에는 순수한 달빛을 뿜어내는 문스톤이 횃불처럼 걸려 주변을 밝히고 있었고 만개한 꽃과 꽃잎들은 문스톤의 빛에 아름다운 자태를 뽐내고 있었다.

거기다 린푼드라에 있는 가구와 방들은 인위적으로 만든 느낌이 전혀 없었는데, 마치 숲속에서 자라난 식물들처럼 자연의 힘으로 자연스럽게 자라난 것만 같았다.

호수에 비친 봄햇살 같은 영롱한 빛을 내는 계단을 따라 7층 정도 되는 높이를 올라갔을 때 린 여왕이 가꾸는 여왕의 정원이 나왔다.

여왕의 정원에는 다른 곳에서는 볼 수 없는 희귀한 식물들이 자라나고 있었는데 그 때문인지 갖가지 감정들을 불러일으키는 향기들이 가득했다.

"그대들은 이곳 사람들이 아니군요."

여왕은 자신의 정원으로 들어온 이방인들을 금세 알아차리고는 그들 곁으로 다가왔다.

여왕은 180이 넘는 키에 길고 가는 팔다리에 작은

얼굴을 가지고 있었는데 몸짓과 걸음걸이에서 우아함과 왕족의 품격이 느껴지는 그런 여인이었다.

"여왕 폐하. 엘비스 경의 기사단장들이 알현을 청하고 있습니다."

"이들을 여기까지 인도하느라 수고하셨어요. 체린."

여왕은 그만 가 봐도 좋다 손짓했고

"황송합니다."

우드엘프는 여왕에게 절하듯 인사를 하고 여왕의 정원을 나왔다.

"먼 길 오느라 허기가 많이 졌을 텐데 뭐라도 대접하고 싶군요."

린 여왕은 자신의 정원에 들어온 이방인들을 정원 한가운데에 있는 숲의 식탁이라고 불리는 곳으로 데려갔는데, 거기에는 인사하듯 허리를 숙이고 있는 등이 평평한 나무가 있었다.

여왕은 그 나무 양옆에 있는 넝쿨 그네에 앉으라 권했다.

트래퍼스는 넝쿨 그네가 엄청 흔들릴 것 같아 조심스럽게 앉았는데 그네처럼 움직이기는커녕 단단하고 편안했다.

여왕이 나무의 머리 쪽 넝쿨 그네에 앉자마자 주변에서 시녀들이 나타나 인사하는 나무의 평평한 등을 향기로운 숲의 음식들로 채웠다.

"거기 당신……."

여왕은 사과수를 마시려다 트래퍼스를 보고는 그를 불렀다.

"네?"

트래퍼스는 싱그러운 녹색 빵을 먹으려다 여왕이 부르자 그녀를 쳐다보며 대답했다.

"참 매력적인 눈을 가졌군요. 마치……."

"여왕 폐하. 이 정원은 정말 여왕의 정원이라 불릴 만하군요! 여기 트래퍼스도 이 정원이 마음에 드는 모양입니다. 혹시 결례가 안 된다면 트래퍼스 군에게 이 정원을 구경할 수 있도록 허락해 주시겠습니까?"

웬트람은 혹시 린 여왕이 트래퍼스의 정체를 알아차리고 그에게 알려 주게 될까 그녀의 말을 부탁으로 가로막았다.

"그러도록 하세요."

"감사합니다. 여왕 폐하."

"정원 산책은 밥 먹고 하고 싶은데……."

"정말 미안합니다, 트래퍼스 군. 우리 선생님들이 여왕 폐하와 논의할 문제가 있어서 그러니까 자리를 조금 피해 주세요."

"네……."

트래퍼스는 손에 쥔 빵을 내려놓고 산책에 나섰다.

"혹시 저자가 엘비스의 후손인가요?"

"역시 여왕 폐하의 눈을 속일 수는 없겠군요. 맞습니다. 사령관께서 저희들에게 당신의 아들을 부탁했습니다."

"드래곤스의 선생님들인 당신들이 예전의 모습으로 돌아온 것도 그렇고, 엘비스가 아들을 여러분들에게 부탁한 것도 그렇고…… 무슨 일이 벌어진 게 틀림없군요."

린 여왕은 입이 마르는지 사과주를 한 모금 들이켰다.

"그자가 깨어났습니다……."

쨍그랑!

브리스의 말에 린 여왕은 들고 있던 잔을 그만 놓치고 말았다.

시녀들은 황급히 달려와 깨진 잔 조각을 주웠다.

"그 자라면…… 여섯 날개의 군주를 말씀하시는 건가요?"

"네, 여왕님. 다크 메인이 부활해서 지금 드래곤스로 달려가고 있는 중입니다."

제이는 내려간 안경을 손등으로 올리며 침울하게 말했다.

"엘비스는 지금 어디 있나요?"

"사령관께서는 다크 메인을 맞으려 드래곤스에 남아 계세요……."

"뭐라구요?! 그게 무슨 소리예요? 아무리 엘비스라고 해도 부활한 여섯 날개의 군주를 홀로 상대하는 건 무리예요!"

"사령관의 몸은 더 이상의 합체술을 견딜 수 없을 만큼 한계에 다다른 상태예요. 다크 메인과의 결투에서 살아남으신다고 해도 얼마 사실 수 없어요……."

"절망적인 상황이군요. 엘비스가 죽고 나면 누가 이 땅의 자유를 위해 싸울 수 있을까요? 모두들 겁먹은 개마냥 도망치기에 급급할 텐데……."

"사령관께서 그러시더군요. 엘바트론의 이름 앞에 모두가 뭉쳐 검은 손아귀에 대항해야 한다고……."

린 여왕과 엘비스의 기사단장들의 심각한 대화를 이어졌다.

"오~ 정말 별의별 식물들이 다 있네."

한편 트래퍼스는 린 여왕의 정원을 돌아다니며 희귀한 식물들을 구경했는데 잎 모양이 꼭 여인의 도톰한 입술처럼 생긴 식물을 들여다보며 혹시나 말을 할까 싶어 툭툭 건들여 보았다.

"어디 내 앞에서 고개를 빳빳히 쳐들고 있는 거야!"

그런데 갑자기 말소리가 들리는 것이 아닌가!

트래퍼스는 그 말소리에 화들짝 놀라며 고개를 숙이고 여인의 입술 모양 식물을 바라보았는데 움직임이 전혀 없었다.

짝!

"죄송합니다, 공주 마마!"

트래퍼스는 숙인 고개를 들고 주변을 살폈는데 조금 떨어져 있는 곳에 서 있는 두 여인이 보였다.

한 여인은 좀 전에 숲의 식탁을 채우던 여왕의 시녀였고 한 여인은 처음 보는 여인이었는데, 여왕보다는 조금 작은 체구에 영롱하게 빛나는 초록빛 눈이 참 예쁜 여인이었다.

여왕의 시녀가 뺨을 맞아 벌겋게 달아오른 얼굴을 연신 숙이며 사과하는 것으로 보아 공주가 틀림없어 보였다.

"당장 내 눈 앞에서 사라져!"

"네, 공주 마마."

시녀는 종종걸음으로 황급히 자리를 떠났다.

공주는 아직도 뭐가 그렇게 불만스러운지 인상을 잔뜩 쓴 채 정원 길을 걸었는데 얼마 걷지 않아 침을 질질 흘리며 자신을 쳐다보는 얼간이를 보게 됐다.

"어이! 거기 너!"

"……."

공주는 대답하지 않고 멍하니 계속 자신을 쳐다보는 트래퍼스의 모습이 싫은지 미간을 찌푸리며

"감히 공주의 부름에 대답을 안 해?"

공주가 뒤에 있는 누군가에게 손짓하자 화살이 날아와 트래퍼스의 가랑이를 스쳐 지나갔다.

갑작스레 날아온 화살에 트래퍼스는 놀라 그만 엉덩방아를 찧고 말았다.

"푸읍!"

은신하여 공주의 뒤를 따르던 공주의 호위 전사들은

고작 화살 하나에 놀라 자빠진 트래퍼스가 웃긴지 비웃음 소리가 정원의 어딘가에서 들려왔다.

"빨리 대답하지 못해? 안 그러면 절름발이로 만들어 줄 테닷!"

"네, 넵! 공주님!"

트래퍼스는 공주가 또다시 손을 들려하자 얼른 대답했다.

"천한 인간 주제에 감히 여왕 폐하의 정원에 들어오다니 간이 배 밖으로 나왔구나!"

짝!

공주에게 첫눈에 반해 버린 트래퍼스는 공주에게 뺨을 얻어맞았지만 기분이 나쁘지않았다.

공주는 트래퍼스가 뺨을 얻어맞도고 계속 멍하니 자신을 쳐다보자 다시 뺨을 때리려 했는데

"공주 마마!"

마침 지나가던 여왕의 시녀가 공주를 말렸다.

"이자는 엘비스의 기사단장들과 함께 온 자로 여왕님의 손님입니다."

"뭐라고? 이런 바보 천치가 여왕 폐하의 손님이라구? 확실해?"

"네, 확실합니다."

"흥! 운 좋은 줄 알아, 이 머저리야. 여왕 폐하의 손님만 아니었다면 넌 아마 내 손에 죽었을 거야. 메롱~"

공주는 트래퍼스에게 심술궂게 혀를 내밀어 보이더니가 버렸다.

트래퍼스는 멀어져 가는 공주의 뒷모습을 계속 멍하니 쳐다봤는데 여왕의 시녀는 그런 트래퍼스에게 공주를 대신해 사과했다.

"린 여왕 폐하의 수양딸이신 피오란 공주 마마의 결례를 용서해 주세요. 여왕 폐하의 사랑을 독차지하며 자라다 보니 예의범절을 아직 익히지 못해서 그런 것뿐이랍니다."

트래퍼스의 귀에는 시녀의 목소리가 들리지 않았다.

트래퍼스는 한참을 그 자리에 우두커니 서서 피오란 공주가 가 버린 곳을 바라보다 결국 시녀의 손에 붙들려 손님방으로 끌려갔다.

가까스로 현실 세계 지사를 탈출하여 파리의 크레페

거리로 빠져나온 용탄자와 테리스, 캐서린은 주변을 살폈는데 파리의 사람들이 거리의 크레페 가게의 야외 테이블에 앉아 한가로이 식사를 즐기고 있었다.

파리의 사람들은 병영 주민들과 다르게 턱시도와 드레스 복장을 하고 있는 용탄자와 테리스, 캐서린에게 크게 관심을 보이지 않았다.

"일단은 빨리 한국으로 돌아가 판타지 세계로 가자."

"그러는 게 좋겠어요!"

"오늘 비행기 타기는 틀린 것 같고, 내일 첫 비행기로 가는 게 좋을 것 같아. 숙소부터 잡자구."

택시를 잡으러 도로변으로 나가는데 여기저기서 터져 나오는 웅성거림에 주위를 살피자 한가로운 저녁 식사를 즐기던 사람들이 하늘에 손가락질을 하고 있었다.

용탄자도 하늘을 올려다보자 현실 세계 지사가 보였다.

아무래도 드래곤 슬레이어들의 습격에 투명 마법이 풀렸는지 화염에 휩싸인 채 서서희 무너져 내리고 있었다.

"만약 드래곤 슬레이어들을 막아 내지 못하면 우리들이 사는 세계가 저렇게 되겠죠?"

캐서린은 녹아내리는 아이스크림처럼 곳곳이 붕괴되어 떨어져 내리는 현실 세계 지사를 보며 혼잣말을 하듯 말했다.

"교장 선생님께서 우리가 실패한 걸 알면 뭐라고 하겠노?"

점점 붕괴되어 가던 현실 세계 지사는 드래곤 슬레이어들의 공격에 못 견디고 추락하기 시작했다.

파리 사람들은 난데없는 거대한 운석의 출현에 모두들 어떻게 해야 될지 몰라 우왕좌왕했다.

붕괴된 현실 세계 지사는 점점 가속도가 붙기 시작했고 속도가 최고점에 이르렀을 때 샹그릴라 호텔을 빈 깡통처럼 찌그러트리며 지면과 충돌했다.

충돌과 동시에 땅이 찢어질 듯한 지진이 일어났고 먼지 해일이 일어나 파리의 사방을 덮쳤다.

"피해!"

먼지 해일은 용탄자와 테리스, 캐서린이 있는 크레페 거리도 예외 없이 덮쳤고 하늘을 가린 먼지 해일을 본 용탄자는 테리스와 캐서린을 데리고 크레페리 드 조슬랭이라는 가게로 들어가 계산대 밑으로 몸을 피했다.

쉬이이이이잉~

독사가 혓바닥을 날름거리는 듯한 칼먼지바람 소리가
한동안 귀를 찢을 듯이 사방에서 요동쳤다.

한참 뒤 먼지 해일이 덮친 파리의 곳곳에서 일어난
먼지소용돌이가 사그라들었을 때쯤 건물 안으로 피신했
던 사람들이 하나둘씩 나와 바깥 상황을 살피기 시작했
다.

"일단 빨리 하루 묵을 방부터 구하자."

다른 사람들처럼 먼지를 홀랑 뒤집어쓴 거지꼴이 된
용탄자는 퉤퉤거리며 입에 들어간 먼지를 뱉어 내는 테
리스와 캐서린을 데리고 여행객들이 쉬어 가는 작은 여
관으로 가서 방을 빌렸다.

용탄자는 두 여자가 씻는 사이 밖으로 나가 제일 처
음 보이는 옷집에 들어가 옷을 구매해 돌아왔다.

깨끗하게 씻고 다시 먼지가 잔뜩 묻은 드레스를 입고
나오는 두 여자에게 용탄자는 사온 옷을 건네고 욕실로
들어가 몸을 씻었다.

"네, 지금 저는 샹그릴라 호텔이 있던 자리에 나와
있습니다. 도대체 하늘에서 떨어진 이 거대한 구조물의
정체는 무엇일까요? 조금 더 가까이 가보도록 하겠습니
다."

용탄자가 몸을 다 씻고 새 옷으로 갈아입고 욕실을
나왔을 때 테리스와 캐서린은 TV 뉴스를 시청하고 있
었는데 한 기자가 하늘에서 떨어진 현실 세계 지사로
가까이 가 취재하고 있었다.

기자는 드래곤 슬레이어들에게 짓밟힌 현실 세계 지
사에서 외계인이라도 나올까 조심스럽게 잔해를 살피고
있었다.

"다크 메인이 깨어나게 될 줄이야……."

용탄자는 판타지 세계에 암흑기를 불러왔던 다크 메
인의 부활이 믿기지 않았다.

TV 속 기자는 현실 세계 지사 내부로 살금살금 들어
가 안을 살폈는데 기자를 찍는 카메라에는 단 한 명의
시체도 보이지 않았다.

"그런데 픽시드 정부 사람들은 다 어떻게 됐을까요?
시체라던가 부상자가 현실 세계 지사 내부에 단 한 명
도 없는 게 이상하지 않나요?"

"지금 그게 중요한 게 아니야. 하루 빨리 판타지 세
계로 가서 다크 메인의 부활을 알려야만 돼."

"내일 첫비행기로 한국으로 돌아가자."

세 명은 TV에서 나오는 뉴스특보를 보다 잠이 들

었다.

다음 날 새벽 제일 먼저 눈을 뜬 용탄자는 서둘러 테리스와 캐서린을 깨워 여관을 나섰다.

근처에서 택시를 탄 그들은 흑인 운전기사에게 샤를드골공항으로 가 달라 부탁했다.

"어제 하늘에서 무슨 건축물 같은 게 떨어진 거 다들 아슈?"

"네, 뉴스에서 봤어요."

흑인 운전기사는 하늘에서 떨어진 그 건축물 안에서 벌어진 가면무도회와 소동을 다 겪은 세 명에게 최신 뉴스를 전하듯 말했다.

"내가 봤을 때 그건 천국에서 떨어진 것 같다구."

"천국이요?"

"천국에도 아주 옛날에 지은 구식 건물들 같은 게 있을 거 아니유. 그중 일부가 떨어져 내린 거라구! 그러니까 조국으로 돌아들 가시면 교회 가서 열심히 기도하슈. 그래야 천국으로 갈 수 있으니까."

"네……."

아무래도 이 흑인 운전기사는 열렬한 기독교 신자인 모양이었다.

세 명은 샤를드골공항으로 가는 내내 하느님의 말씀을 들어야 했다.

"그래서 말이야……."

사거리 신호에 걸려 택시가 멈췄을 때 흑인 운전기사는 몸을 쓱 뒤로 돌려 뒤에 탄 세 명을 바라보며 하느님의 말씀을 전하려 했는데 그런 흑인 운전기사 뒤 앞유리 너머로 아주 불길한 광경이 순식간에 펼쳐졌다.

하늘에서 날개 달린 운석들이 사거리 도로로 떨어졌던 것이다!

"아저씨 직진!"

용탄자는 앞을 가리키며 큰소리로 말했지만 흑인 운전기사는 귀가 어두운지 아니면 하느님 전파에 너무 집중했는지 계속해서 복음서에 관한 말만 해댔다.

"여기 구약성서를 읽어보슈! 그럼 하느님에 대해 조금 더 많은 걸 알 수 있을 거유."

"이런 미친 새끼!"

용탄자는 택시에서 내려 운전석 문을 열고는 흑인 운전수를 밖으로 집어 던져 버리고 운전석에 탔다.

"운전할 줄 알아, 용탄자?"

"지금부터 배우면 돼지."

"탄자 씨! 너무 위험하지 않을까요?"

"드래곤 슬레이어들을 상대하는 것보다야 더 위험하겠나? 안전벨트 꽉 매라!"

용탄자는 급출발을 하여 엄청난 속도로 차를 서툴게 몰았는데 무슨 레이싱 게임을 하는 것 같은 느낌이 들었다.

차도로 떨어진 드래곤 슬레이어들은 여섯 날개를 마음껏 휘저으며 자동차들을 부수고 황급히 도망 나온 사람들을 학살하며 비명 소리를 퍼트렸다.

"저 새끼들 왜 날개가 여섯 개지?"

"원래 드래곤 슬레이어들의 날개는 여섯 개예요. 그래서 다크 메인을 우리 우드엘프들은 여섯 날개의 군주라고 불러요!"

"용탄자! 그딴 거 신경 쓰지 말고 운전이나 똑바로 해! 앞에 차! 차!"

용탄자는 호글스 마을에서 싸웠던 때와는 사뭇 다른 드래곤 슬레이어들의 모습이 상당히 신경 쓰였지만 서툰 운전 솜씨로 신호와 차선쯤은 쿨하게 무시하고 도망치는 차들을 피해 달리느라 곧 드래곤 슬레이어 따위는 눈에 보이지도 않았다.

"샤를드골공항으로 어떻게 가노? 길을 잘 모르는데?"

학살의 현장에서 조금 멀어진 용탄자는 곧 샤를드골공항으로 어떻게 갈지를 몰라 혹시나 하는 마음에 안전벨트로 몸을 꽁꽁 싸맨 뒷자석의 두 여인에게 물었지만 그녀들 역시 고개를 갸우뚱할 뿐이었다.

"탄자 씨!"

그때였다.

조금 전보다 많은 날개 달린 운석들이 용탄자가 운전하는 택시 주변 도로로 떨어져내렸는데 그중 하나가 택시의 앞으로 떨어지면서 보닛 부분을 때렸고 택시는 한 바퀴 빙글 돌아 뒤집혀 버렸다.

"으악!"

뒤집힌 차 천장에 머리를 박은 용탄자는 서둘러 차문을 열고 나와 뒷자석에 탄 테리스와 캐서린을 꺼내 주었다.

"피해!"

용탄자는 택시로 날아드는 검은 번개를 순간 감지하고는 두 여인을 양 옆구리에 끼워 들고 순간 이동하듯 엄청난 속도로 뛰어 택시에서 벗어났는데, 용탄자가 두 여인을 데리고 자리를 벗어나기 직전에 검은 번개를 맞은 택시는 이들이 폭발 범위에서 벗어남과 동시에 펑! 하고 터져 버렸다.

"내가 운전하는 택시에 타고 있는 게 백 번 나을 뻔 했제?"

"이제 어떡하죠?"

근처 도로변의 차들을 파괴하던 드래곤 슬레이어 세 마리가 용탄자의 민첩한 움직임에 흥미를 느꼈는지 창 지팡이를 꼬나들고 용탄자를 향해 서서히 다가오고 있었다.

"어떡하긴 뭘 어떡해! 이미 도망치기는 틀린 것 같고 싸워야지!"

용탄자는 자신의 허리춤에 꼽혀 있는 투명단검을 테리스에게 던져 주었다.

"뭐하노? 캐서린 니는 어서 활 안 꺼내고?"

"네? 넵!"

캐서린은 황급히 가방에서 활을 꺼내 제일 가까운 드래곤 슬레이어를 조준했다.

"야! 니 뭐하는데?"

용탄자는 드래곤 슬레이어를 조준한 캐서린의 활을

아래로 내리며 물었다.

"네? 싸워야 된다면서요?"

"내가 활 꺼내라고 한 건 가는 길에 혹시나 드래곤 슬레이어들이 나타나면 필요할지 몰라서 꺼내라고 한 거다. 저 새끼들은 내가 상대할 테니까 너희들은 얼른 공항으로 가라."

"야, 용탄자! 너 미쳤어? 완전히 힘을 되찾은 드래곤 슬레이어들을 무슨 수로 너 혼자서 감당해 내겠다는 건데?"

"어서 가라고! 여기 같이 있으면 다 같이 죽는 거다! 어서!"

"네가 뭔데 이래라 저래라야? 나한테 함부로 명령하지 마! 난 너하고 여기서 싸우다 죽을 거야!"

"저도 남겠어요! 이참에 제가 얼마나 강한 우드엘프 여전사인지 당신에게 보여줄 테니 잘 보라구요!"

"제길! 데쓰무쓰 녀석은 꼭 필요할 때는 없단 말이야!"

드래곤 슬레이어 세 마리는 용탄자 일행이 전투태세를 취하자 뭐가 그렇게 우스운지 낄낄거리며 웃다, 두 마리는 근처에 폭발해 안에 탄 사람들을 활활 태우고 있는 차를 소파 삼아 앉아 벌어질 전투를 관람하려 했다.

"흥! 동족이 처참하게 죽어도 어디 그렇게 계속 여유를 부릴 수 있는지 한 번 보자고!"

드래곤 슬레이어들의 무시에 화가 난 용탄자는 이빨을 으득! 씹으며 자신들을 상대하고자 창을 비스듬하게 잡은 채 서 있는 드래곤 슬레이어에게 빛처럼 빠르게 돌진했다.

돌진하는 스피드에 검은 마력을 실은 주먹을 내질렀는데 드래곤 슬레이어는 간단히 용탄자의 주먹을 잡아 버렸다.

"으라아아아!"

용탄자는 한 손이 잡히자 나머지 한 손에 마력을 모두 끌어모아 온 힘을 다해 날렸지만 그 주먹마저도 드래곤 슬레이어의 손아귀에 잡히고 말았다.

"그래. 기억이 난다. 태풍 속에서 내 형제의 피로 목을 축이던 드래곤 라이더로구나."

용탄자의 얼굴을 가까이에서 확인한 드래곤 슬레이어는 왠지 모르게 낯이 익은 얼굴을 유심히 들여보다 그가 누구인지를 알아보았다.

"주인을 잃고 나약해진 우리들을 태풍 속에서 마음껏 학살하던 네 모습을 나는 똑똑히 기억한다."

드래곤 슬레이어는 그때를 생각하니 분노가 치미는지 손아귀에 쥔 용탄자의 주먹을 으스러트리려 점점 힘을 주기 시작했다.

"으아아아악!"

테리스는 용탄자가 드래곤 슬레이어의 손아귀에 잡혀 비명을 지르자 잔영조차 남기기 않고 드래곤 슬레이어의 그림자로 숨어들어 그의 목뼈를 향해 투명단검을 찔러 넣었다.

하지만 드래곤 슬레이어가 마치 파리를 떼어내듯 무심히 휘두른 날개 하나에 강타당해 자동차 바퀴마냥 차도를 굴렀다.

"흐압!"

용탄자는 주먹이 으스러지기 전에 드래곤 슬레이어의 손아귀에서 빠져나오려 박치기를 날렸는데 드래곤 슬레이어는 꿈쩍도 하지 않았고 손아귀에 힘을 더욱더 주었다.

오히려 박치기를 한 용탄자의 이마에서 핏줄기가 흘러내렸다.

Dragon Rider

"탄자 씨!"

캐서린은 서둘러 화살을 활에 매겨 드래곤 슬레이어
의 왼쪽 눈을 겨냥하고 날렸는데 화살보다 더 빠르게
얼굴을 가리는 드래곤 슬레이어의 날개에 튕겨 힘없이
바닥에 떨어졌다.

뿌드드득!

주먹이 우스러지기 일보 직전에 용탄자는 순발력을
발휘하여 마력은 발에 모아 드래곤 슬레이어의 턱을 걸
어찼고 턱을 강타당한 드래곤 슬레이어의 힘이 순간적
으로 약해지는 순간 두 주먹을 검은 손아귀에서 빼내
뒤로 물러났다.

"이제야 조금 싸울 맛이 나는구만!"

보통 사람이었으면 머리가 풍선처럼 터져 버렸을 일
격을 아무렇지 않게 받아 낸 드래곤 슬레이어는 날개춤
에 꽂아 둔 창지팡이를 꺼내 들며 웃었다.

"탄자 씨. 이제 어떡해요?"

힘의 격차가 너무 많이 나 상대가 되지 않는 절망적
인 상황이었다.

캐서린은 용탄자의 곁으로 와 어떻게 해야 되냐 물었
지만 용탄자 역시 어떻게 해야 할지 알 수가 없었다.

드래곤 슬레이어는 이들에게 생각할 시간을 허락하고 싶지 않은지 창지팡이를 들고 성큼성큼 용탄자와 캐서린에게 걸어오다 돌연 저멀리 나가떨어져 겨우겨우 정신을 수습하며 일어서고 있는 테리스를 향해 검은 마력 광선을 뿜었다.

뛰어난 반사신경으로 날아오는 검은 마력 광선을 피한 테리스는 안도의 한숨을 내쉬려 했지만 그럴 수 없었다.

검은 마력 광선이 계속해서 발사되어 자신을 쫓아오고 있었기 때문이다.

쾅! 쾅! 쾅!

검은 마력 광선의 위력이 얼마나 강력한지 도로변의 차들은 테리스를 광선에 살짝만 스쳐도 굉음을 일으키며 폭발했다.

검은 마력 광선이 점점 테리스와의 거리를 좁혀 가는 것을 본 용탄자는 드래곤 슬레이어에게 달려들어 창지팡이의 지팡이 보석을 잡고 방해 마력을 주입시켰다.

퍽!

다행히 검은 마력 광선은 테리스의 몸에 닿기 전에 흩어져 버렸지만 용탄자는 드래곤 슬레이어의 주먹에 복부를 제대로 강타당해 아스팔트에 처박혀 버렸다.

"으악!"

"네가 내 형제에게 그랬듯 나 역시 너의 사지를 찢어 사지에서 흘러내리는 피로 목을 축여야겠다!"

폭발한 차에서 일렁이는 화염빛에 번쩍이는 창지팡이의 창날이 머리 위로 올라가는 것을 본 용탄자는 급히 몸을 움직이려 했지만 아스팔트에 처박힌 몸은 꿈쩍도 하지 않았다.

"이런 젠장!"

창지팡이를 높게 든 드래곤 슬레이어의 미소가 저승사자의 미소처럼 느껴지는 순간 용탄자는 눈을 질끈 감았다.

"일단 성가시는 팔부터 잘라 주마."

드래곤 슬레이어가 창날을 용탄자의 어깨에 박아 넣으려는 순간 총알처럼 날아든 드래곤의 꼬리에 맞아 야구공처럼 멀리 날아가 버렸다.

"왕자! 어서 여기를 벗어나야 합니다!"

용탄자가 질끈 감았던 눈을 떠 보니 드래곤을 몰고 나타난 해프리스가 보였다.

해프리스는 동료의 사냥을 구경하다 갑자기 나타난

훼방꾼을 보고 달려드는 드래곤 슬레이어 두 마리를 양 날개로 전력을 다해 때려 날려 버리고는 서둘러 드래곤에서 내려 아스팔트에 처박혀 있는 용탄자를 끄집어내 주었다.

"우리들은 아직 완전히 깨어난 저 드래곤 슬레이어들을 감당할 수 없습니다! 자리를 피하시지요!"

해프리스는 자신의 드래곤의 꼬리 공격에 멀리 날아간 드래곤 슬레이어가 떨어트린 창지팡이를 용탄자에게 쥐어 주며 말했다.

"해프리스 선생님 아니세요?"

용탄자는 존댓말을 쓰는 해프리스의 모습에 혹시 해프리스 선생님과 똑같이 생긴 사람인가 진짜 해프리스 선생님인가 헷갈려 물었다.

"나중에 설명할 테니 일단 이곳을 피해야 합니다! 어서요!"

해프리스와 그의 드래곤을 발견한 드래곤 슬레이어들이 전방에서 접근 중이었다.

해프리스는 용탄자와 캐서린을 드래곤의 등에 올리고 달려온 테리스를 마지막으로 드래곤의 등에 올리고는

"흐아아아압!"

등에 맨 창지팡이를 양손으로 잡아들어 엄청난 마력을 모았는데, 얼마나 많은 마력을 창지팡이에 주입했는지 해프리스의 창지팡이가 그의 마력에 부들부들 떨었다.

그리고는 창지팡이의 창날을 땅에 내리꽂았는데 곳곳에 심어 둔 다이나마이트가 터지듯 곳곳에서 엄청난 폭발이 일어났다.

다가오던 드래곤 슬레이어들이 폭발에 주춤거리는 것을 확인한 해프리스는 서둘러 자신의 드래곤에 올라 하늘로 날아올랐다.

"다들 꽉 잡아!"

해프리스의 드래곤이 하늘로 날아오름과 동시에 드래곤 슬레이어들의 공격이 날아왔는데 터지는 폭죽 속에 있는 것처럼 사방에서 마법이 번쩍였다.

해프리스는 날아오는 치명타 공격들을 쳐 내며 비행을 펼치다 보니 힘에 부쳤다.

그 모습에 용탄자도 가세해 드래곤 슬레이어들의 공격을 쳐 냈다.

점점 고도는 상승했고 드래곤 슬레이어들의 공격이 줄어들었다.

"이제 살았……."

용탄자는 이제 살았구나 싶어 드래곤 슬레이어들의 무지막지한 공격을 쳐 내느라 얼얼한 손을 풀었다.

"아직 아니에요!"

그런데 바로 뒤에 타고 있는 캐서린의 비명스런 고함 소리에 뒤를 돌아보았는데 드래곤 슬레이어들이 여섯 날개를 퍼덕이며 무서운 속도로 추격해 오고 있었다.

"왕자! 어서 저들을 공격하시오!"

해프리스의 고함 소리에 용탄자는 얼른 뒤돌아 앉았는데 뒤에 앉아 있던 캐서린과 민망한 자세로 마주 보게 되었다.

"탄자 씨! 저도 화살 공격으로 드래곤 슬레이어의 추격 속도를 늦출 테니까 저 좀 뒤로 돌려 앉혀 주세요!"

용탄자는 어부바해 달라는 듯 팔을 쫙 펴며 안기려는 캐서린을 안아 뒤로 돌려 앉혀 주었다.

뒤로 돌아앉은 용탄자와 캐서린은 추격해 오는 드래곤 슬레이어들에게 마법과 화살 세례를 날렸다.

하지만 드래곤 슬레이어들은 용탄자와 캐서린의 공격을 간단히 막아 내며 추격의 속도를 높혀 왔다.

"탄자 씨! 혹시 제 화살에 마법 걸 수 있으세요?"

"한 번 해볼게!"

캐서린은 화살 공격이 통하지 않자 한 가지 묘수를 생각해 냈는데 용탄자는 캐서린의 화살통에서 화살 하나를 꺼내 검은 마력을 담아 보았다.

위이이이잉~

용탄자의 검은 마력에 물든 화살은 점점 커짐과 동시에 검게 물들었다.

캐서린은 얼른 용탄자가 만든 검은 화살을 받아 가장 가까운 드래곤 슬레이어를 조준하여 발사했는데

펑!

캐서린의 정교함이 더해진 용탄자의 검은 마력은 드래곤 슬레이어에게 통하는지 화살을 맞은 드래곤 슬레이어는 폭발과 동시에 아래로 추락했다.

"예스! 탄자 씨! 제 화살통에 있는 화살에 모조리 마법을 걸어 주세요!"

"지금 하고 있다!"

용탄자는 캐서린의 화살통에 있는 화살을 모조리 꺼내 하나하나 검은 화살로 변형시켰고 캐서린은 그것들을 날려 추격해 오는 드래곤 슬레이어들을 하나둘씩 추락시켰다.

"이제 몇 마리 안 남았어요!"

용탄자는 화살에 최대한 많은 검은 마력을 담아 내느라 힘이 부치는지 눈가에 생겨난 다크서클이 점점 진해지고 있었다.

"여기!"

용탄자는 마저 만든 검은 화살 전부를 캐서린에게 건네고 쓰러지듯 캐서린의 등에 몸을 기댔다.

그사이 캐서린은 끈질기게 추격해 오고 있는 드래곤 슬레이어 네 마리를 추락시키기 위해 활을 당겼다.

펑!

해프리스의 드래곤 꼬리를 잡으려 달려드는 드래곤 슬레이어가 캐서린의 화살에 맞아 아래로 추락했다.

펑!

캐서린은 쉬지 않고 활을 당겨 오른쪽 날개에 붙으려 접근 중인 드래곤 슬레이어를 떨어트렸고

펑!

다시 활을 당겨 왼쪽 날개에 붙으려 접근 중인 드래곤 슬레이어를 떨어트렸다.

용탄자는 캐서린의 어깨에 머리를 기대 캐서린의 빠르고도 정확한 활 솜씨를 지켜보고 있었는데 그녀가 해

프리스의 드래곤의 양날개에 붙으려는 드래곤 슬레이어를 처리하는 사이 저 멀리서 추격해 오는 덕분에 아직까지 캐서린의 검은 화살의 타겟이 되지않은 드래곤 슬레이어가 창지팡이를 바꿔 잡는 것이 보였다.

용탄자는 저 멀리서 보이는 드래곤 슬레이어의 심상치 않는 준비 행동에 몸을 일으키려 했지만 혹사당한 몸에 힘이 전혀 들어가지 않았다.

용탄자가 캐서린의 등에 기댄 몸을 움직이려 애쓰는 사이 창지팡이를 바꿔 잡은 드래곤 슬레이어는 곧 창지팡이를 캐서린을 겨냥해 날렸고 주인의 손을 떠난 창지팡이는 무서운 속도로 날아왔다.

"으악!"

용탄자는 캐서린의 등에 기댄 채 오른팔로 날아오는 창지팡이를 향해 마력탄을 날리려 했지만 화살을 만드느라 완전히 소진되어 버렸는지 마력이 모이지 않았다.

"캐서린!"

캐서린은 용탄자의 비명 소리에 활을 겨냥하며 전방을 살폈는데 자신을 향해 날아오는 창지팡이가 보였다.

캐서린은 즉시 화살을 날렸는데

펑!

화살은 날아오는 창지팡이의 속도를 약간 늦췄을 뿐 저지하지 못했다.

이대로 가다간 엄청난 속도로 날아오는 창지팡이에 캐서린은 물론이고 용탄자, 테리스까지 관통당할 것이 불을 보듯 뻔했다.

"당신하고 조금만 더…… 아니, 어쩌면 평생을 같이 하고 싶었는데 여기서 작별의 키스를 나눠야 될 것 같아요. 용탄자 씨."

캐서린은 겨우겨우 든 오른손에 마력을 모으려 애쓰는 용탄자와 작별의 키스를 나누고는 드래곤의 등에서 뛰어내려 날아오는 창지팡이에게로 몸을 던졌다.

"캐서린!"

용탄자는 캐서린이 몸을 관통한 창지팡이를 부여잡고 아래로 추락하는 것을 보며 절규했다.

"하하하하하!"

창지팡이를 던진 드래곤 슬레이어는 캐서린이 자신의 창지팡이에 꿰어 추락하는 것을 보며 웃었고 그 웃음소리에 격분한 용탄자는 어디서 그런 힘이 나왔는지 손에 든 창지팡이를 드래곤 슬레이어에게 던졌다.

용탄자의 손을 떠난 창지팡이는 그야말로 번개처럼

날아 낄낄거리며 웃는 드래곤 슬레이어의 목에 꽂혀 그를 추락시켰다.

"크라아아아아아~"

용탄자의 울음소리가 성난 하늘의 천둥소리보다 더 크게 울려 퍼졌고 파리를 파괴하다 하늘을 가로지르는 해프리스의 드래곤을 목격하고 추격하려던 드래곤 슬레이어들을 떨게 만들었다.

"선생님! 지금 당장 저 아래로 착륙해야 합니다!"

"안 될 말입니다. 왕자! 지금 저 아래로 내려갔다간 드래곤 슬레이어들의 먹이가 될 뿐입니다. 왕의 징표에 저들이 겁을 먹은 지금이 탈출할 수 있는 절호의 기회입니다."

"캐서린은 우리들을 구하기 위해 목숨을 던졌다구요! 그럼 먼저들 가세요! 저는 캐서린을 찾겠어요!"

용탄자가 드래곤의 등에서 뛰어내리려 하자 테리스가 그를 붙잡았다.

"탄자! 왜 이렇게 앞뒤 분간을 못하는 거야? 캐서린의 희생을 헛되게 만들 셈이야! 캐서린은 당신을 구하기 위해 목숨을 던졌어! 그런데 당신이 그녀의 시신을 찾겠다고 목숨을 버린 걸 알면 캐서린이 감동받아서 저승에서 감동의 눈물을 흘려 줄 것 같아?"

"아직 죽지 않았을 수도 있다!"

"창지팡이에 죽지 않았다 한들 추락해서 죽었을 겁니다, 왕자! 자신의 목숨을 헛되이 버리지 마시오!"

"먼저들 가라! 누가 뭐래도 캐서린을 찾아야겠다!"

용탄자가 테리스의 손을 뿌리치고 뛰어내리려는데

"용탄자! 이 어리석은 놈아!"

해프리스의 불호령이 날아와 그를 추춤거리게 만들었다.

"너를 위해 희생한 여인을 욕되게 하려 함이냐! 죽은 여인의 시신과 용아족 전체의 목숨 중 어떤 게 더 중요하냐? 지금 붉은눈썹 일족의 폭정에 무너져 가는 용아족을 구할 수 있는 전사는 너밖에 없다! 용아족 여인들을 캐서린과 같은 주검으로 만들고 싶지 않거든 꽉 붙어 있어라!"

"해프리스!"

용탄자의 비명 소리에 해프리스는 더욱더 속력을 내어 드래곤을 몰아 파리를 빠져나갔다.

2. 용아족의 땅으로

엘비스의 기사단장들 덕분에 악이 깨어났음을 알게
된 린 여왕은 엘비스의 기사단장들에게 부탁하여 케이
린 숲의 모든 우드엘프 마을과 성들에게 여섯 날개의
군주가 깨어났으니 어서 린푼드라로 집결하라는 명을
전했고, 제일 먼저 여왕의 명을 받은 인근 마을의 우드
엘프들이 린푼드라로 속속 도착하고 있었다.

선생님들이 린 여왕의 명을 수행하느라 자리를 비워
혼자 남게 된 트래퍼스는 피오란 공주를 찾아 헤맸다.

린푼드라에 있는 방이란 방은 다 한 번씩 열어보고

정원이란 정원은 모조리 들어가 보고 무기를 만드는 대공방 지역도 돌아다녀 봤지만 애타게 찾는 피오란 공주는 찾을 수 없었다.

얼마나 높이 올라왔는지 머물고 있는 방이 있는 저 아래가 까마득하게 보여 내려갈 엄두가 나지 않아 온갖 나무들이 존재하는 나무광장의 폭신폭신한 잔디 바닥에 앉아 주위의 우드엘프들처럼 휴식을 취했다.

'탄자는 뭐하고 있을까?'

드래곤스로 가는 0805번 버스에서 처음 만난 뒤로 줄곧 곁에 있었던 용탄자가 곁에 없는 것이 참 낯설게 다가왔다.

'찌질하게 도망친 내가 용탄자는 안 보고 싶을라나?'

트래퍼스는 용탄자가 보고 싶은 지금 도망치듯 팀에서 빠진 것이 후회됐다.

애꿎은 잔디만 뜯으며 시무룩해져 있는 이때, 트래퍼스의 앞으로 누군가가 지나갔는데 트래퍼스는 그 누군가를 보고 언제 시무룩해 있었냐는 듯 얼굴에 화색이 돌았다.

"저, 저기!"

트래퍼스는 앞을 도도하게 지나가는 피오란 공주를

불렀는데 그녀는 트래퍼스가 부르는 소리가 들리지 않는지 더욱더 도도하게 걸어갔다.

"저기!"

트래퍼스는 큰소리로 다시 그녀를 불렀는데 그 소리에 멈춰 선 피오란 공주는 신경질적으로 뒤돌아 트래퍼스에게 다가오더니

짝!

트래퍼스의 뺨을 후려갈기며 말했다.

"너 따위가 감히 나를 불러세워? 천한 인간 주제에!"

그러고는 휙 돌아서서 바람을 일으키며 휑하니 걸어갔는데 트래퍼스는 뺨을 얻어맞은 게 분하지도 않는지 그녀를 쫓아갔다.

"에소니! 환티!"

피오란 공주는 자꾸 쫓아오는 트래퍼스를 죽일 듯이 한 번 노려보고는 손가락을 튕기며 누군가를 불렀다.

"부르셨습니까, 공주 마마!"

그러자 갑자기 어디선가 그녀의 호위 전사들이 나타나 공주의 발 아래 무릎을 꿇었다.

짝!

피오란 공주는 나타난 호위 전사들의 뺨을 때리며

"다시는 저 버러지 같은 인간 놈이 내 곁에 오지 못하게 해! 한 번만 더 저런 인간쓰레기가 내 곁에 오게 했다간 어머니한테 이를 거야!"

"명 받들겠습니다."

피오란 공주는 뒤돌아서 자리를 떠났고 그녀를 트래퍼스가 쫓으려 하자 공주의 호위 전사들은 순식간에 검을 뽑아 트래퍼스의 목에 가져다 댔다.

"인간 주제에 감히 피오란 공주님에게 다가가다니 무모한 거냐, 아님 바보인 거냐?"

트래퍼스가 계속 멀어져 가는 피오란 공주에게 눈을 못 떼자 그녀의 호위 전사들은 트래퍼스를 발로 걷어차 넘어트려 버렸다.

트래퍼스도 그제야 호위 전사들을 쳐다봤다.

"다시는 피오란 공주님에게 가까이 다가가지 말아라. 인간버러지."

짝!

호위 전사들은 넘어진 트래퍼스를 비웃더니 갑자기 트래퍼스의 뺨을 갈기고는 사라져 버렸다.

피오란 공주를 불러 세웠다는 이유로 뺨을 두 대씩이나 맞아 기분이 상한 트래퍼스는 며칠간 객실에서 지냈지만 피오란 공주가 참을 수 없이 보고 싶어졌다.

결국 트래퍼스는 뺨을 100대를 맞는 한이 있더라도 그녀를 다시 한 번 보기로 마음먹고는 웬만한 고층 빌딩보다 높고 넓은 린푼드라를 다시 뒤지기 시작했다.

하지만 며칠을 돌아다녀도 피오란 공주는 만날 수가 없었고 주변에서는 키득거리는 소리만 들릴 뿐이었다.

며칠 후 린 여왕의 명을 받고 케이린 숲의 곳곳으로 그녀의 명을 전하러 떠났던 드래곤 라이더들이 린푼드라로 돌아왔다.

린 여왕은 그녀의 명을 수행하느라 수고한 엘비스의 기사단장들을 위해 만찬을 열었는데 이 자리에 트래퍼스 역시 초대되었다.

"선생님!"

린 여왕의 초대를 받고 커다란 문스톤이 달처럼 천장에 떠 있는 달빛연회실에 입장한 트래퍼스는 오랜만에 보는 선생님들을 반겼는데 선생님들은 웬일인지 트래퍼스에게 고개를 살짝 숙이며 인사했다.

선생님들의 낯선 모습에 트래퍼스는 거리감이 생겨 달빛이 투영된 호수물처럼 맑고 영롱한 빛을 내는 유리로 만든 기다란 테이블에 앉아 연회 음식이 나오기를 기다렸다.

"누가 저 버러지를 여기에 초대한 거야!"

맞은편에서 아주 반가운 목소리가 들려와 앞을 쳐다봤는데 역시 피오란 공주가 앉아 있었다.

그녀는 트래퍼스를 손가락질하며 시녀들에게 소리쳤다.

"예, 공주 마마. 여왕 폐하께서 트래퍼스 님을 이 연회에 초대하셨습니다"

"여왕 폐하께서?"

"그렇습니다. 공주 마마."

"도대체 여왕 폐하께서는 왜 자꾸 이런 버러지 자식을 챙기시는 거야!"

피오란 공주는 이 연회가 마음에 들지 않는지 인상을 잔뜩 쓰며 짜증을 냈다.

"아무리 공…… 읍!"

브리스는 공주의 오만하고 무례한 모습에 화를 내려했지만 웬트람이 그녀의 입에서 무시무시한 말이 나오기 전에 막았다.

"브리스. 린푼드라에서 공주와 마찰을 일으켜서 좋을 건 하나도 없을 것 같은데요?"

브리스는 입을 틀어막고 있는 웬트람의 손 덕분에 목청까지 올라온 욕 한 무더기를 치미는 화와 함께 삼켜야 했다.

"아, 안녕……."

트래퍼스는 선생님들이 이러거나 저러거나 신경 쓰지 않고 피오란 공주에게 용기 내어 인사를 건넸다.

"너 정말 버러지가 맞구나? 내가 저번에 뭐라고 했어? 아는 척하지 말랬지!"

트래퍼스가 인사를 하자 피오란 공주는 마시려던 과일주를 트래퍼스의 얼굴에 끼얹어 버렸다.

"키득키득!"

트래퍼스가 과일주 세례에 어푸어푸거리며 얼굴을 닦는 모습을 멀찍이서 본 피오란 공주의 호위 전사들은 트래퍼스가 무슨 광대라도 되는 양 손가락질하며 웃어댔다.

"당장 엘비스 사령관의 아……."

오만한 피오란 공주의 계속되는 무례함에 머리에서 김이 올라올 정도로 열이 받은 제이는 웬트람이 말릴 새도 없이 공주를 개구리로 만들어 버릴 기세로 자리에서 박차고 일어나 소리치려 했는데

"모두들 입장하셨군요."

다행히 불미스런 일이 일어나기 전에 린 여왕이 연회
장에 입장했고 연회장에 있던 모든 사람들은 모두 일어
나 그녀에게 고개 숙여 인사를 하는 통에 제이는 공주
를 개구리로 만들어 버리려던 기세로 여왕에게 인사를
해야만 했다.

"늦어서 죄송합니다. 괜히 저 때문에 많은 분들을 기
다리게 했군요."

린 여왕이 자리에 착석하고 얼마 지나지 않아 수많은
시녀들이 입장하여 빈 식탁을 채우고 연회에 참석한 참
석자들의 식사 수발을 들었다.

린 여왕과 드래곤 라이더들이 진지한 대화를 나누는
동안 트래퍼스는 트래퍼스답지않게 앞에 놓인 음식들은
건들지도 않고 얼굴을 닦으며 맛본 과일주만 연신 들이
키며 피오란 공주에게 어떻게 말을 걸어보지? 만을 골
똘히 생각하며 그녀를 힐끔거렸다.

피오란 공주는 자꾸만 힐끔거리는 트래퍼스의 시선이
싫은지 손에 든 과일주를 다시 한 번 트래퍼스에게 끼
얹어 버렸다.

"도대체 왜 자꾸 쳐다보는 거야? 예쁜 여자 처음 보니?"

"어푸어푸……."

"피오란! 이 무슨 무례한 짓이야! 당장 트래퍼스에게 사과하거라!"

피오란 공주의 무례한 행동에 린 여왕은 딸을 혼냈다.

"미안해."

피오란 공주는 어머니의 꾸짖음에 찔금거리며 놀라더니 트래퍼스에게 전혀 미안해하는 기색 없이 무미건조하게 사과했다.

"트래퍼스, 괜찮니?"

린 여왕은 얼굴이 울그락푸르락한 엘비스의 기사단장들의 눈치를 보며 트래퍼스를 살폈다.

"네, 괜찮아요."

트래퍼스는 아까보다 능숙하게 얼굴을 닦으며 린 여왕에게 괜찮다 말했다.

그리고 피오란 공주를 보며

"어, 너처럼 예쁜 여자는 처음 봐……."

사랑 고백을 하듯 아주 수줍게 말했다.

"그럼 이건 아니?"

"뭐?"

"나처럼 예쁜 여자는 너 같은 버러지를 엄청 역겨워 한다는거?"

피오란 공주는 린 여왕이 들을까 앞에 있는 트래퍼스에게만 들릴 만한 작은 목소리로 말했다.

"그, 그래?"

피오란 공주의 짜증이 잔뜩 섞인 말에 트래퍼스는 시무룩해져서 고개를 푹 숙인 채 앞에 놓인 사슴 안심 스테이크만 쳐다봤다.

"우웨……."

트래퍼스는 피오란 공주를 보고 너무 가슴이 떨리는지 헛구역질이 올라왔다.

트래퍼스는 피오란 공주를 다시 쳐다보면 헛구역질이 더 심해질 것 같아 사슴 안심 스테이크에 머리를 푹 처박고 헛구역질을 삼켰다.

"하여간 무식한 인간 버러지라는 걸 꼭 티를 낸다니까……."

. 피오란 공주는 사슴 안심 스테이크에 머리를 쿡! 처박고 있는 트래퍼스를 보고는 옆에 놓인 나이프와 포크를 사용할 줄 몰라 입으로 고기를 뜯어 먹는 줄 알고 눈살을 찌푸렸다.

Dragon Rider

"우웨에에에에······."

트래퍼스는 점점 심하게 올라오는 구역질에 어쩔 줄
몰라하다 피오란 공주에게 물었다.

"혹시 아까 내 얼굴에 끼얹은 거 혹시 오크 콧물맛
구토제야?"

"너 정말 제정신이 아니구나?"

피오란 공주는 더 이상 트래퍼스를 봐줄 수가 없는지
자리에서 일어나려 했다.

그때였다.

"우웨에에에에에에엑!"

트래퍼스는 사슴 안심 스테이크가 담겨 있는 접시에
무언가를 토해 냈는데

"엇! 고기닷!"

트래퍼스의 입에서 게워진 무언가는 배가 고픈지 접
시에 담긴 고기를 물어뜯었다.

"설마······ 뱃속에 든 거지가 음식 보고 밖으로 나온
거니?"

"아니야! 애는 내 드래곤, 그렁키라구!"

"안녕!"

그렁키는 고기를 뜯으니 기분이 좋은지 웃으며 피오

란 공주에게 인사했다.

"그럼 배고파서 네 드래곤을 먹은 거니? 너 정말……."

피오란 공주는 자신이 생각하기에 세상에서 가장 역겹고 징그럽고 혐오스런 벌레인 트래퍼스를 보고 있자니 속이 많이 안 좋은지 자리를 박차고 일어나 연회장을 나가 버렸다.

"그런 게 아니야! 아니라구!"

트래퍼스는 연회장을 나가는 피오란 공주에게 소리쳤지만 그녀는 뒤도 돌아보지 않았다.

"꺼억! 트래퍼스, 저 여자 왜 저러는 거야?"

순식간에 고기를 다 먹어 치운 그렁키는 배를 두드리며 기분 좋게 트림을 하더니 뛰쳐나가는 피오란 공주를 보며 물었다.

❖   ❖   ❖

가까스로 드래곤 슬레이어들의 손아귀에서 벗어나 파리를 나온 해프리스는 용탄자와 테리스를 태운 채 쉬지 않고 드래곤을 몰아 프랑스의 항구도시인 마르세유에 도착한 뒤에서야 투명 마법을 걸고 착지했다.

폴리모프로 작아진 자신의 드래곤을 얼른 가방 속에 넣은 해프리스는 투명 마법을 풀고 용탄자와 테리스를 데리고 바다가 보이는 곳 근처 작은 여관에 들어가 방을 하나 빌렸다.

"일단 여기서 휴식을 취한 다음 우리들은 노르웨이로 가야 하오, 왕자."

"저는 왕자가 아니에요. 선생님! 저는 용탄자라구요!"

용탄자는 캐서린이 죽은 게 믿기지 않은 듯 방 안을 서성이다 캐서린을 그냥 버리고 온 것이 분한지 소리쳤다.

"하아! 그래, 지금은 그냥 드래곤스의 학생으로 대해 주마. 너는 아마 네 아버지를 모르겠지만 나는 네 아버지를 안다. 그렇기 때문에 너를 왕자라고 부르는 거야. 이 멍청한 녀석아."

"선생님이 제 아버지를 아신다구요?"

용탄자는 엄마에게서도 한 번도 듣지 못했던 아버지를 안다는 해프리스의 말에 그를 쳐다보며 물었다.

"네 아버지는 용아족의 왕족인 붉은 눈 일족 사람이셨고 용아족을 다스리는 용리얀 폐하의 아들이자 용아족의 왕자셨지. 하지만 붉은 눈썹 일족이 반란을 일으키는 바람에 우리 붉은 눈 일족은 용아족의 땅에서 사냥당했고 살아남은 소수의 사람들은 모두 고향에서 도망쳐 망명 생활을 해야만 했지. 부모를 잃고 혼자 살아남은 네 아버지는 그린포트 마을에서 고아로 살다 픽시드 정부를 세운 초대 장관의 눈에 들어 멋진 드래곤 라이더로 성장했다. 그리고 너의 어머니를 만나 너를 가졌다. 하지만 불의의 사고로 인해 네가 태어나기 전에 너와 네 어머니의 곁을 떠나게 된 용아족의 왕좌의 주인이시다."

"선생님이 어떻게 우리 아버지에 대해서 그렇게 자세하게 아는 건데요?"

용탄자의 물음에 해프리스의 파란 눈이 붉게 변했고 그의 갈색 머리카락이 검게 변했다.

"나 역시 네 아버지와 똑같은 붉은 눈 일족 사람이니까. 그리고 한동안은 너의 아버지의 곁에서 그를 모셨던 전사였다."

"그럼 지금 아버지는 어디 계신데요?"

"훗날 만나게 되겠지만 지금은 만날 수 없다."

해프리스는 알아듣지 못할 말을 했다.

"그럼 제 아버지의 이름은 뭔데요?"

"용아린……."

"선생님 말대로 제 아버지가 용아족의 왕자였고 저도 왕자라고 해도 저한테는 붉은 눈썹 일족의 폭정에서 용아족 사람들을 구할 그런 엄청난 힘이 없어요. 저는 그냥 드래곤스에 다니는 일개 학생일뿐이라구요."

"약한 소리 집어치워라! 네가 네 아버지를 조금이라도 닮았다면 너는 충분히 용아족을 구할 수 있다!"

"그러지 말고 선생님이 혼자 용아족을 구하는 게 어때요? 저는 다시 파리로 들어가서 캐서린을 찾을 테니까!"

"이런 머저리 같은 놈!"

퍽!

해프리스는 아직도 캐서린에 대한 미련을 버리지 못하는 용탄자에게 주먹을 날렸다.

"캐서린은 너를 구하기 위해 드래곤 슬레이어가 던진 창지팡이에 몸을 던졌다! 드래곤 슬레이어의 소굴이 되어 버린 파리로 다시 들어가 그녀의 희생을 수포로 돌릴 셈이냐!"

"지금 캐서린의 시신을 찾을 수 있는 방법은 드래곤

슬레이어들은 물론이고 다크 메인까지 모두 죽인 후에
안전해진 파리로 들어가서 시신을 수습하는 방법밖에
없어. 그럴려면 용아족의 힘이 필요해."

테리스는 해프리스에게 맞아 쓰러진 용탄자를 일으켜
주며 말했다.

"용아족의 힘을 얻으려면 조라크의 폭정으로부터 용
아족의 백성들을 구해야만 돼."

해프리스는 수상한 듯 테리스를 쳐다보며

"다크엘프 암살자가 어떻게 용아족 폭군의 이름을 알
수 있지?"

해프리스는 테리스의 대답이 만족스럽지 못하면 당장
목을 잘라 버릴 듯이 창지팡이를 잡고 물었다.

"왜냐면 저는 다크엘프가 아니니까요."

"다크엘프가 아니다?"

"용아족의 사정은 붉은 눈 일족의 대전사이신 하게
둔, 당신께서 생각하는 것 이상으로 심각하답니다."

"너는 누구지?"

해프리스는 자신의 용아족 이름과 직책을 알고 있는
테리스의 목에 창날을 겨누고 물었다.

해프리스의 날이 선 물음에 테리스는 머리를 쓸어넘

겼는데 그녀의 은빛 머리카락이 붉게 변했다.

"저는 붉은 눈썹 일족의 노예로 전락한 혼혈 일족을 위해 싸우는 전사 집단의 지도자이신 달리온의 딸 달루네라고 합니다. 대전사님."

"혼혈 일족 지도자의 따님께서 어떻게 지금 우리와 함께 있게 된 거냐?"

"아버지께서는 예언을 굳게 믿고 계시어 그동안 판타지 세계와 현실 세계로 저를 보내 예언의 주인공을 찾으셨고 그를 찾게 되어 지금 이렇게 함께 있게 된 것입니다."

"그럼 너를 따르는 다크엘프들은?"

"모두 다 다크엘프로 분장한 혼혈 일족의 딸들입니다. 저와 함께 지금까지 예언의 주인공을 찾아 헤맨 용아족의 여전사들이지요."

용탄자는 평소 자신이 알던 모습과는 전혀 다른 테리스의 모습에 도대체 뭐가 뭔지 알 수가 없었다.

해프리스는 자신을 왕자라고 부르지 않나 테리스는 붉은 머리를 하고는 달루네라고 자기소개를 하지 않나……

"도대체 그 예언이라는 것이 뭐냐? 나는 들어본 적

이 없는데······."

해프리스는 아직 창날을 달루네의 목에 겨눈 채 물었다.

"당연히 그러시겠지요. 대전사님께서 드래곤스에 취직하신 뒤에 벌어진 일이니까요. 붉은 눈 일족을 몰아내고 왕좌에 앉은 붉은 눈썹 일족의 족장 조라크의 폭정은 대전사님께서 상상하시는 것 그 이상입니다. 용아족의 폭군이 된 그는 용아족 일족의 어버이이신 드래곤 장로 메켄타스 님을 용아족의 땅에서 추방하셨습니다."

"뭐라! 드래곤 장로를 용아족의 땅에서 내쫓았단 말인가!"

해프리스는 메켄타스의 추방 소식에 펄쩍 뛰며 화를 냈다.

"메켄타스 님께서 용아족의 땅을 나서며 모든 사람들이 들을 수 있도록 목청껏 소리쳐 예언 하나를 남기셨습니다."

"그것이 무엇이냐!"

"살아남은 왕자의 아들이 최후의 왕자가 되어 현실 세계를 지나 용아족의 땅으로 오면 붉은 눈썹을 가진 자들의 피가 대지를 적시게 되리라."

해프리스와 테리스, 아니, 달루네는 약속이라도 한 듯이 동시에 용탄자를 쳐다보았다.

"저기요! 저기요? 무슨 얘긴지는 알겠는데 나는 당신들이 찾는 그 왕자가 아니라 그냥 평범한 드래곤 라이더라고!"

"네가 지극히 평범한 드래곤 라이더인지 아니면 메켄타스 님의 예언 속의 왕자일지는 용아족의 땅으로 가 보면 알게 될 테지! 일단 배고프니까 밥부터 먹자!"

이들은 바닷가재 전문 식당에 들러 허기진 배를 채우고 다시 여관으로 돌아와 각자의 침대에 누워 잠을 청했다.

다음 날 해프리스는 두 아이를 데리고 샤를드골공항으로 가 노르웨이로 가는 비행기를 탔다.

"선생님. 그냥 선생님 드래곤 타고 가면 안 돼요? 픽시드 정부도 없는데 상관없잖아요."

"픽시드 정부가 없어진 대신 드래곤 슬레이어들이 나돌아다니지. 그들은 폴리모프를 한 드래곤은 감지할 수 없지만 폴리모프를 해제한 드래곤은 감지할 수 있다. 그들이 왜 드래곤 슬레이어겠냐?"

"하긴……."

"하게둔 님께서는 제 아버님께서 만들어 놓은 용아족의 땅으로 가는 통로가 현실 세계에 있다는 것을 알고 계셨나요?"

"교장 선생님께서 알려 주셨다. 노르웨이의 오슬로의 바이킹 박물관에 용아족의 땅으로 가는 통로가 있다고. 우리 붉은 눈 일족이 용아족 땅에서 도망쳐 나올 때 만들어 놓은 연결된 통로는 오래전에 막혔더군."

"붉은 눈썹 일족이 왕족이 된 직후 혼혈 일족들을 부려 막아 버리셨다고 아버지께서 말씀해 주셨습니다."

"아무 대책 없이 우리들을 따라 용아족의 땅으로 가는 건 아닐 테고…… 용아족의 땅으로 넘어간 다음 너의 계획은 뭐지?"

"당연히 혼혈 일족의 지도자이신 제 아버지께 두 분을 데리고 가야지요."

"그런데 혼혈 일족이라는 게 대체 뭐고? 테리, 아니, 달루네."

"용아족은 왕족인 붉은 눈 일족과 왕족을 따르는 붉은 눈썹 일족, 붉은 수염 일족, 붉은 머리 일족, 붉은 이 일족 이렇게 다섯 일족으로 구성되어 있어. 이들을 순수 혈통이라고 부르지. 일족들은 서로의 순수한 피를 유지하기 위해 일족끼리의 혼인만을 고집하는데 일부 다른 일족의 이성을 사랑한 남녀들이 만나 몰래 결혼했고 이들의 결합 때문에 태어난 게 바로 혼혈 일족이야. 혼혈 일족은 오직 한 곳만 붉은 순수 혈통들과는 달리 두 곳이 붉어."

달루네의 말에 해프리스가 부연 설명을 했다.

"혼혈 일족은 붉은 눈썹 일족의 반란이 있기 훨씬 전부터 사실 환영받지 못했던 일족이다. 용아족의 순수 혈통들은 그들이 선조에게서 물려받은 순수한 피를 더럽히고 혼탁하게 만들어 저주를 받았다고 여겼지."

"용아족의 진정한 왕족이 왕좌에 앉아 있을 때 혼혈 일족은 그냥 다른 일족들의 따돌림을 받았을 뿐였다고 들었어요."

"우리 붉은 눈 일족은 너희들을 가까이하지 않았을 뿐 멸시하거나 천대하지는 않았다."

"하지만 붉은 눈썹 일족이 왕좌에 앉은 지금은 사정이 달라요. 그들은 우리들에게 선조의 순수한 피를 더럽힌 죄인으로 몰아 닥치는 대로 잡아들여 노예로 부리고 있어요. 만약 저희 아버지가 없었더라면 혼혈 일족 모두는 지금 붉은 눈썹 일족의 노예로 전락했을 겁니다. 지금 아버지가 이끄시는 혼혈 일족 전사들은 붉은 눈썹 일족의 공격에 밀려 벼랑 끝에 서 계세요. 우리들의 도움이 절실할 거예요."

"너희 아버지 달리온은 노예로 전락한 혼혈 일족을 구하기 위해 일어선 사람이니 나와 용탄자가 도와야 한다 이거냐? 나와 용탄자는 왕족으로써 다른 순수 혈통들을 이끌어 폭정을 휘두르는 반역자들을 왕좌에서 끌어내려야 한다. 너희 아버지를 돕는 것은 그 다음 일이야."

"대전사님의 계획은 아마 물거품이 될 거예요."

"왜지?"

"붉은 눈썹 일족은 아주 교활하게도 왕족에 오른 직후 다른 순수 혈통의 아이들을 최고의 전사로 양성한다는 명목으로 납치하듯 데려갔지요. 그리고는 다른 순수 혈통의 아이들을 그들의 부모를 조종하는데 쓰고 있답니다. 붉은 눈썹 일족을 쓰러트리고 그 아이들을 구해 부모의 품으로 돌려주지 않는 이상 다른 순수 혈통들은 붉은 눈썹 일족에게 대항할 수 없어요."

"이런 교활한 녀석들!"

"지금 용탄자와 하게둔 님의 전사가 되어 줄 수 있는

것은 바로 저희 혼혈 일족들밖에 없죠."

"용아족의 땅에 도착하는 대로 너희 아버님을 만나야겠다."

이런저런 이야기를 하는 사이 이들이 탄 비행기는 노르웨이 오슬로공항에 착륙했다.

오슬로공항을 나온 일행은 바로 택시를 타고 오슬로 바이킹 박물관으로 향했다.

나른한 오후라 그런지 바이킹 박물관은 점심을 먹고 산책 겸 들른 사람들로 적당히 붐볐다.

바이킹 박물관에는 옛날 바이킹들이 탔던 배 세 대가 전시되어 있었는데 바이킹들의 배 말고는 딱히 전시되어 있는 것들이 없어 약간은 휑한 그런 박물관이었다.

"여기에 용아족의 땅으로 가는 입구가 있다고? 어딘데?"

용탄자는 여느 관람객들처럼 박물관을 천천히 돌아다니고 있는 달루네에게 물었다.

"잠깐만 기다려. 사람들이 곧 전부 다 나갈 테니까."

"그걸 니가 어떻게 아노?"

"이 박물관은 그냥 박물관이 아니야. 용아족의 피를 감지하면 그렇지 못한 사람들에게 최면 마법을 걸어 밖으로 내보내는 마법이 걸린 박물관이거든."

정말 달루네의 말대로 잠시 후 박물관을 돌아다니며
구경하던 관람객들이 한 명, 두 명 박물관을 나가더니
마지막엔 박물관 관리인들까지 모두 밖으로 나가 버렸
다.

"여기에 있는 배 세 대 중에 어떤 놈에 올라야 하는
거지?"

"바이킹 여왕의 전용선인 오세베르그호예요."

해프리스는 달루네의 말에 배의 끝 부분이 알라딘 신
발처럼 생긴 배에 거침없이 올라탔다.

용탄자는 엄청 오래된 유물에 저렇게 막 올라도 되나
싶어 망설였는데 달루네는 용탄자의 손을 잡고 함께 오
세베르그호에 올라탔다.

"이제 뭐, 어떻게 해야 되는데?"

아주 조심스럽게 오세베르그호에 올라탄 용탄자는 혹
시 노라도 져어야 되나 싶어 두리번거리면서 노를 찾았
다.

그런데 잠시 후 용탄자가 찾는 노를 든 바이킹들이
박물관 안으로 들어왔다!

정말 옛날 노르웨이 살던 바이킹들인지 이들은 뿔이

양옆에 달린 철투구에 털이 복슬복슬하게 난 가죽옷에 가죽부츠를 신고 있었고, 맥주색 수염이 풍성하게 나 하관 전체를 덮고 있었다.

노를 들고 아주 당당하게 바이킹 박물관에 들어온 바이킹들은 일행이 타고 있는 오세베르그호에 올라타더니 노를 내리고 저을 준비를 했다.

"이 사람들은 뭐고? 아니, 물이 하나도 없는데 뭘 저을려고……."

바로 옆에 올라탄 바이킹의 모습에 용탄자는 어리둥절해 위아래로 훑어보다 눈이 마주쳐 급히 딴 데를 쳐다봤다.

유난스럽게 큰 눈을 부라리는 모습이 잘못하면 곧바로 도끼를 꺼내 들 것처럼 지나치게 호전적으로 보였다.

옆에 탄 바이킹 때문에 주위를 두리번거리는 용탄자의 눈이 박물관 출입문으로 향했을 때 갑자기 박물관 출입문을 부수고 엄청난 양의 물이 박물관 안으로 흘러 들어 오기 시작했다.

"바이킹들이 노를 들고 있는 이유가 있었네."

이런 이상한 광경을 처음 보는 거라면 우와아아아악

~ 하고 괴성을 질렀겠지만 한두 번 보는 게 아닌 용탄자는 해프리스처럼 팔짱을 끼고 다음 벌어질 일을 기다렸다.

박물관 안으로 쏟아져 들어온 파란 바닷물에 타고 있는 배가 두둥실 떠오르자

"포 더 비즈르!"

배에 탄 바이킹들은 함성을 지르더니 힘차게 노를 저어 배를 출발시켰다.

바이킹들 덕분에 힘차게 출발한 배는 곧장 박물관의 부서진 출입문을 지나 밖으로 나왔는데 오슬로 거리로 나온 것이 아니라 바다 한가운데로 나왔다.

"뭐고? 여기 지금 노르웨이 아니가?"

"노르웨이에서 용아족 섬 근처 바다로 나온 거야."

달루네는 손가락으로 저 멀리를 가리켰는데 멀리서 보기에도 상당히 거대해 보이는 섬이 보였다.

바이킹들은 노래를 부르며 노를 힘차게 저어 섬으로 배를 몰았다.

쏴아아아아아~

용아족 섬이 보이는 이 바다는 얼마나 거친지 바람도 거의 불지 않는 맑은 날씨임에도 불구하고 파도가 요동

쳤다.

덕분에 배는 출렁출렁 파도에 곡예하듯 올라갔다 내려갔다를 반복했다.

"우웨에에에……."

용탄자는 파도에 출렁거리는 배를 타고 있자니 멀미가 나 헛구역질을 해댔다.

"괜찮아?"

달루네는 용탄자의 등을 두드리며 안색을 살폈다.

"우웨에에에에에엑!"

잠시 후 용탄자는 올라오는 매스꺼림에 심한 구토를 했는데 용탄자의 입에서 나온 것은 용탄자가 비행기에서 먹은 반쯤 소화된 기내식이 아니라 데쓰무쓰였다.

"뭐야? 왜 이렇게 출렁거려?"

데쓰무쓰는 용탄자의 입에서 나오자마자 주변을 두리번거리며 무언가를 찾았는데 잠시 후 용탄자와 눈이 마주쳤다.

"어이, 애송이! 잘 있었냐?"

"나야 뭐……."

용탄자와 데쓰무쓰는 합체술이 진행됐던 동안 서로를 누구보다 더 잘 알게 되었지만 오랜만에 봐 어색한지 한동안 침묵이 흘렀다.

"용탄자, 너 정말 네 드래곤을 먹었던 거야?"

달루네는 용탄자가 데쓰무쓰를 토해 내자 화들짝 놀라며 물었다.

"아니, 그게 아니라 교장 선생님이 준 술 때문에 어쩔 수 없이 합체술이 걸려 있었던 거야."

"교장 선생님에게 고마워해라. 합체술 덕분에 너희들은 일족의 전사들이 수십 년에 걸친 오랜 수행으로만 얻을 수 있는 힘을 단 몇 주만에 얻었으니까."

"어이, 애송이! 이 여자는 누구냐? 너 혹시…… 그 새 여자 친구냐?"

데쓰무쓰가 달루네를 날개로 가르키며 물었다.

데쓰무쓰의 말에 달루네는 용탄자를 보며 얼굴을 약간 붉혔는데

"아니다. 그냥 친구다."

용탄자의 무심한 말에 점점 가까워지는 용아족 섬을 바라보았다.

잠시 후 용아족 섬에 도착했고 배가 모래사장에 올라왔을 때 바이킹들은 언제 배를 이곳으로 몰고 왔느냐는 듯 감쪽같이 사라져 버렸다.

"저기 저 성벽은 뭐고? 여기서도 잘 보이는 걸 보니까 엄청 큰 것 같은데……."

"붉은 눈썹 일족이 혼혈 일족을 잡아다 노예로 부리면서 만들고 있는 궁전의 성벽이야. 조금더 가까이 가면 성벽 안에 건설된 붉은 눈썹 일족의 제국과 그들이 노예로 전락시킨 혼혈 일족들이 극악무도한 노역 생활에 시름하고 있는 것이 보이지."

"맙소사……. 용아족의 땅이 어떻게 이렇게 변질되었단 말인가? 푸르고 아름다웠던 부족의 땅이……."

"그렇게 한탄하고 있을 시간이 없어요, 하게둔 님. 정찰병들에게 들키기 전에 이동해야 해요."

"안내해라."

달루네는 해프리스와 용탄자를 데리고 해변을 따라 걸었는데 잠시 후 해변이 끝나는 곳에 엄청난 높이의 절벽 폭포가 나타났다.

엄청난 높이에서 떨어지는 강물이 바다와 만나는 곳이었는데 주변에는 떨어지는 강물에 깍인 바위들이 가득했다.

"폭포 안에 있는 동굴을 지나야 저희 일족이 지키고 있는 아직 점령당하지 않은 순수한 용아족의 땅이 나옵니다."

달루네는 먼저 절벽 폭포 안으로 들어갔고 해프리스와 용탄자가 따라 안으로 들어갔다.

정말 절벽 폭포 뒤에는 동굴이 있었는데 엄청 오래된 동굴인지 고드름처럼 생긴 종유석이 가득했다.

습하고 추운 오래된 동굴을 지나 밖으로 나오니 거인 타잔이 살 법한 거대하고 울창한 숲이 나왔다.

앞은 물론이고 하늘까지 가리고 그림자를 드리우는 나무들과 주변에 빽빽이 자라난 왠만한 사람보다 더 큰 꽃, 식물들 덕분에 어디가 어딘지 분간이 가지 않는 이곳을 달루네는 잘 알고 있는지 거침없이 앞으로 나아갔다.

해프리스와 용탄자는 그녀의 뒤를 따랐다.

그녀의 뒤를 따라가던 용탄자는 왼쪽에 보이는 요상한 연못에 시선이 멈췄고 잠시 후 발걸음도 멈췄다.

"희안한 연못이네."

꼭 작은 행성이 떨어져 움푹 파여 버린 땅에 깨끗한 물이 솟아나 만들어진 것 같은 이 연못에는 꼭 도룡용처럼 생긴 물고기들이 맑은 연못 안에서 헤엄치고 있었다.

날개 없는 드래곤처럼 생긴 개구리가 주위 나무에서 떨어진 우산처럼 커다란 파란잎사귀에 앉아 용탄자를 쳐다보고 있었다.

"유성연못이라는 거다."

생전 처음 보는 연못에 눈이 빼앗긴 용탄자에게 해프리스가 연못의 이름을 알려 주었다.

"메켄타스 님께서 아족을 용아족으로 만들기 위해 드래곤 소환 의식을 시전하셨다는 건 제이에게 들어 알고 있을 테지? 이 연못은 메켄타스의 부름에 이 세계로 온 드래곤들의 알 중 하나가 떨어져 생긴 자국이다. 훗날 우리 용아족들은 우리들의 드래곤의 조상이 이 땅으로 와 태어난 흔적인 이 자국들을 신성히 여겨 이 자국에 바닷물을 부워 연못을 만들어 가꾸었고 유성연못이라 이름 지었지. 때문에 용아족의 땅 곳곳에는 이런 연못들이 가득하다."

"그것도 옛날 말이에요. 붉은 눈썹 일족이 자신들의 제국을 건설하겠다며 숲을 파괴할 때 연못들도 같이 없애 버렸답니다. 지금 남아 있는 연못은 우리 혼혈 일족이 지키는 이곳에 존재하는 것들이 전부지요."

"용아족의 순수한 영토는 이곳이 전부란 말인가?"

"그렇다고 할 수 있죠. 하지만 이곳도 아버지의 존재를 감지한 붉은 눈썹 일족 전사들이 속속 도착하면서 칼날 위를 걸어가는 개미처럼 위태롭기 그지없게 되었답니다."

해프리스와 용탄자는 달루네를 따라 더욱더 깊숙이 안으로 들어갔다.

3. 혼혈 전사들

케이린 숲의 여러 마을, 성에 사는 모든 우드엘프들
이 린푼드라로 모인 것을 확인한 린 여왕은 엘비스의
기사단장들에게 한 가지 더 부탁을 하는데, 바로 현실
세계로 가서 누군가를 찾아달라는 것이었다.

그래서 엘비스의 기사단장들은 판타지 세계를 지나
병영초등학교 운동장에 도착하게 되었다.

새벽 4시경 아무도 없는 병영초등학교 운동장에 착
륙한 이들은 수색할 곳을 나눴다.

"제가 아시아쪽 지역을 수색할게요."

"그럼 저는 유럽, 중동 쪽 지역을 수색할 테니까 웬트람은 아메리카를 수색하세요."

"으음~ 싫은데요! 저는 병영 초등학교를 수색하겠어요! 그분이 여기 선생님으로 있을 수도 있으니까요."

"웬트람······."

"농담입니다. 하하하하!"

브리스에게서 살기를 느낀 웬트람은 그녀에게서 한 발 물러서며 실없이 웃었다.

"그나저나 트래퍼스에게 이야기해 줘야 하는 거 아닐까요?"

"우리가 찾아서 모시고 가면 자연스럽게 알게 될 텐데 뭐하러 굳이 지금 이야기해요? 쓸데없는 소리하지 말고 통신 마법이나 시전하세요."

세 명은 어디에 있든 즉시 서로의 위치를 알 수 있고 대화를 나눌 수 있는 마법 통신망을 구축하고 각자 맞은 지역을 수색하기 위해 드래곤을 타고 떠났다.

"웬트람! 투명 마법 잊지 말아요!"

제이는 모습을 훤히 드러내 놓고 날아가는 웬트람에게 소리쳤다.

"귀청 떨어지겠어요. 그렇게 소리치지 않아도 다 들

린다구요. 통신 마법 시전 중인 걸 벌써 까먹은 건가요? 너무 오래 사셔서 치매기가 있으신 모양이군요. 마녀할머니."

제이는 웬트람의 짓궂은 농담에 대꾸도 하지 않고 속도를 올려 수색 지역으로 떠났다.

그 모습을 본 웬트람은 투명 마법을 걸곤 곧장 미국으로 날아갔다.

고속비행을 한 덕분에 몇 시간 만에 미국에 도착한 웬트람은 가방에서 벌집처럼 생긴 공을 꺼냈는데 웬트람이 그 공에 마력을 주입하자 구멍 속에 있던 자그마한 추적 딱정벌레들이 나와 사방으로 날아갔다.

"역시 노움 기술자들의 물건은 언제 봐도 참 기발하단 말이야."

"저 제이에요. 추적 딱정벌레집을 터트렸어요."

"저는 이탈리아에서 지금 막 터트렸어요."

엄청 빠른 속도로 미국 전역으로 날아가는 추적 딱정벌레들을 보고 있을 때 중국과 이탈리아에서 추적 딱정벌레집을 터트린 브리스와 제이의 목소리가 마법 통신망을 타고 웬트람의 귀에 들어왔다.

"저는 미국에서 터트렸어요. 그럼 이제 어떻게 해야

되는지 아시는 분?"

"웬트람! 추적 딱정벌레집 사용설명서 안 읽었죠!"

"정답!"

"후우……."

브리스가 숨을 크게 내쉬며 화를 삭이는 소리가 크게 들려오자 웬트람은 침을 꼴깍 삼키며 웃었다.

"추적 딱정벌레는 사방으로 날아가서 우리가 출발 전에 입력해 놓은 사람을 찾을 거예요. 만약 추적 딱정벌레가 우리가 찾는 사람을 찾으면 집으로 신호를 보낼 거예요. 그리고 집 나온지 한 시간이 지나면 자동으로 돌아오니까 추적 딱정벌레들이 우리가 찾는 사람을 못 찾고 집으로 돌아오면 다른 나라로 이동해서 다시 터트리세요."

웬트람은 추적 딱정벌레들이 미국 곳곳을 수색하는 동안 미국을 관광하기로 했다.

미국 상공을 이리저리 날아다니다 보스턴 근처까지 온 웬트람은 사람들이 무슨 피난민과 같은 몰골로 보스턴에서 빠져나오고 있는 모습이 왠지 이상해 아래로 내려가 드래곤을 폴리모프시켜 감추고 투명 마법을 해제했다.

사람들은 차를 타고 혹은 걸어서 보스턴에서 멀어지려 하고 있었다.

도대체 보스턴에서 무슨 일이 벌어지고 있는 걸까?

"그쪽으로 가지 말아요! 외계인들이 침공했다구요!"

웬트람이 보스턴 쪽으로 걸어가려 하자 폭발로 인해 옷이 반쯤 타 버린 한 남자가 웬트람을 말렸다.

"외계인이 침공했다구요?"

"날개가 여섯 개 달린 시커먼 외계인들이 갑자기 하늘에서 보스턴으로 떨어졌어요! 그놈들은 닥치는 대로 죽이고 파괴했다구요!"

외계인들의 공격을 피해 도망쳐 온 남자의 말에 웬트람의 얼굴이 굳어졌다.

"알겠어요. 어서 피하세요."

웬트람은 남자를 안심시켜 보낸 후 다시 투명 마법으로 모습을 감췄다.

"드래곤 슬레이어들이 현실 세계를 침략하고 있었구만! 어쩐지 판타지 세계가 조용하더니만……."

웬트람은 다시 드래곤을 타고 하늘로 날아올라 아주 조용히 그리고 천천히 보스턴으로 향했다.

보스턴에 점점 가까워질수록 매케한 냄새가 나기 시

작했고 비명 소리와 폭발하고 무너지는 소리가 조금씩 들리기 시작하더니 보스턴에 도착했을 때는 보스턴 곳곳을 파괴하고 보스턴 시민들을 창지팡이로 꿰 버리며 포효하고 있는 드래곤 슬레이어들이 보였다.

웬트람은 드래곤 슬레이어들에게 발각될까 고층 빌딩 위에 앉아 보스턴의 상황을 살폈다.

그들은 무자비하게 도시를 파괴하고 있었는데 그 옆에는 고블린들도 함께였다.

그들은 드래곤 슬레이어들이 연 포탈을 타고 보스턴으로 건너와 정체를 알 수 없는 기계를 거리에 설치하고 있었다.

"역시 치사하고 얄밉기 그지없는 고블린들답게 노는군!"

그때 웬트람이 들고 있던 추적 딱정벌레집이 변신을 시작했다. 아무래도 린 여왕이 찾는 사람이 미국에 있는 모양이었다.

피르르르르.

추적 딱정벌레집은 곧 여왕 딱정벌레로 변신해 신호를 발산하는 추적 딱정벌레에게로 날아갔다.

"거기는 아니야!"

여왕 딱정벌레는 아주 불행하게도 드래곤 슬레이어들이 점령한 보스턴 안쪽으로 날아갔다.

웬트람은 어쩔 수 없이 그들 몰래 여왕 딱정벌레를 따라갈 수밖에 없었다.

"제발, 제발, 제발······."

여왕 딱정벌레를 따라 이동하며 웬트람은 아래를 보았는데 정말 두 손을 모으고 기도를 저절로 하게 되는 광경이 펼쳐져 있었다.

드래곤 슬레이어들은 도망가는 보스턴 주민들에게 검은 번개를 날려 한번에 수십 명을 감전시켜 가루로 만들어 버렸다.

또 피를 좋아하는 드래곤 슬레이어들은 도망치는 주민들을 사냥해 그들의 피로 보스턴 거리를 흥건하게 만들고 있었다.

그야말로 학살이 자행되고 있었다.

얼마나 조심스럽게 날았을까, 보스턴의 상황을 연락받은 미국 공군 부대에서 출동한 요격 편대가 드래곤 슬레이어들에게 미사일 세례를 퍼부었는데, 현실 세계 인간들이 만든 첨단 미사일은 폭발만 요란하게 일어날 뿐 그들의 비늘 갑옷에 흠집 하나 내지 못했다.

미사일 세례를 받은 드래곤 슬레이어들은 하늘로 날아올라 눈 깜짝할 새에 요격 편대를 추격해 요격기들의 양 날개를 창지팡이로 잘라 내 추락시켰다.

드래곤 슬레이어들은 추락하는 요격기에서 비상탈출한 비행사들 역시 창지팡이로 꿰어 아래로 추락시켜 버렸다.

마지막으로 비상탈출한 운 없는 비행사는 펼친 낙하산에 매달려 천천히 아래로 낙하하는 동안 드래곤 슬레이어들의 창날에 수십 번을 찔리고 베여야 했다.

드래곤 슬레이어들이 마지막 남은 비행사를 가지고 놀 듯 급소를 피해 수십 번을 찌르고 베어 대는 바람에 비행사는 땅에 착지할 때까지 죽지 못하고 비명을 질러야 했다.

"으으~"

웬트람은 드래곤 슬레이어의 잔혹함에 몸을 부들부들 떨었다.

여왕 딱정벌레를 따라 얼마나 날았을까 초토화된 까페에 숨어 있는 사람이 보였다.

웬트람은 얼른 착륙하여 찾고 있던 사람에게로 가며 브리스와 제이에게 연락했다.

"린 여왕이 부탁한 사람을 찾았어요. 그런데……."

"그런데요?"

"보스턴에서 찾았는데 보스턴이 지금 드래곤 슬레이어 왕국으로 변해 버렸어요."

"뭐라구요? 드래곤 슬레이어들이 보스턴을 점령했다구요?"

"어쩐지 판타지 세계가 조용하다 했더니만 여기서 일을 벌이고 있었던 거였군요."

"제가 데리고 병영 초등학교로 갈 테니 모두들 거기서 보자구요~"

"조심하세요. 웬트람!"

"혹시 모르니까 제가 린 여왕에게 연락을 취해 놓을게요. 만약 드래곤 슬레이어들에게 발각되면 린푼드라로 포탈을 열어요."

웬트람은 린 여왕이 찾고 있는 사람에게 다가갔는데 그 사람은 웬트람이 의심스러운지 숨 소리도 내지 않은 채 숨어 있었다.

"안심하십시오. 저는 린 여왕께서 보낸 드래곤 라이더입니다. 그리고 트래퍼스에게 마법을 가르치고 있는 드래곤스의 선생님이기도 하구요."

그제야 안심이 되는지 남자는 고개를 들어 웬트람을 쳐다보았다.

"트래퍼스는 잘 있는 거요?"

남자는 트래퍼스가 걱정되는지 그의 안부를 물었다.

"트래퍼스는 지금 린 여왕님의 보호 속에 린푼드라에 있습니다."

"후우~ 다행입니다."

"주변이 드래곤 슬레이어들 천지입니다. 일단 이곳을 빠져나간 후에 이야기하는 게 어떨까요?"

"좋소!"

웬트람은 남자를 자신의 드래곤 등에 태우고 보스턴을 빠져나가기 위해 날아올랐다.

"교장 선생님께서는 잘 계시오?"

"교장 선생님은······."

웬트람은 남자의 질문에 대답하려 했지만 갑자기 드래곤이 아래로 하강하는 바람에 대답하지 못했다.

"이런!"

웬트람은 자신의 드래곤의 날개를 다시 움직이려 했지만 마비된 듯 움직여지지 않아 날개를 살폈는데 드래곤의 냄새를 맡고 어느새 달려든 드래곤 슬레이어가 던진 마비탄에 날개가 마비된 상태였다!

"꽉 잡으세요!"

웬트람은 린 여왕이 찾고 있는 남자에게 소리치며 추락하는 자신의 드래곤을 꽈악 붙들었다.

웬트람의 드래곤은 고층 빌딩과 충돌한 후 시체가 즐비한 보스턴 거리에 추락했다.

웬트람은 드래곤 슬레이어들의 창지팡이가 자신의 드래곤을 꿰어 버리기 전에 얼른 폴리모프시켜 주머니에 숨기고는 린푼드라로 포탈을 열었다.

"으악!"

남자는 재빨리 웬트람이 연 포탈로 들어가려 했는데 포탈이 밀쳐 내는 바람에 넘어지고 말았다.

"제가 연 포탈은 린푼드라에서 여기로 오는 포탈이지 린푼드라로 갈 수 있는 포탈이 아니에요. 현실 세계에서 판타지 세계로 갈 수 있는 유일한 방법은 병영 초등학교를 통해서 가는 것밖에 없어요!"

웬트람이 포탈을 열자 그 포탈을 타고 린 여왕과 정예 전사들이 보스턴으로 넘어왔다.

동시에 웬트람의 드래곤 냄새를 맡은 드래곤 슬레이어들이 하나둘 나타나 주변을 포위하기 시작했다.

"여왕 폐하! 당신께서 여기로 오시다니요!"

"제가 부탁했던 사람은 찾으셨나요?"

린 여왕은 제일 가까운 곳에 있는 드래곤 슬레이어에게 화살을 날리며 물었는데 날아간 린 여왕의 화살은 드래곤 슬레이어를 죽이지는 못했지만 주춤거리게는 만들었다.

"우드엘프들의 여왕은 함부로 목숨을 던져서는 안 되는 것을 모르는 겁니까?"

남자는 린 여왕을 꾸짖 듯 물었다.

"나는 함부로 목숨을 던진 적이 없다. 나는 너와 함께 이곳에서 벗어나 린푼드라로 돌아갈 것이니."

린 여왕은 남자를 끌어안으며 재회의 눈물을 흘리며 말했다.

"아빠!"

웬트람의 포탈을 타고 함께 넘어온 트래퍼스는 아주 오랜만에 보는 아버지를 반겼다.

"트래퍼스!"

남자는 트래퍼스를 보고 안도의 한숨을 내쉬며 아들의 얼굴을 어루만졌다.

"여왕 폐하! 못다한 이야기는 린푼드라로 돌아가서

하시는 것이 어떻겠습니까?"

웬트람은 드래곤 슬레이어들의 공격으로부터 아군을 보호하기 위해 아주 강력한 마나 자기장 보호막을 형성하며 소리쳤다.

"그러는 것이 좋겠군요! 모두들 드래곤 슬레이어들을 공격해라!"

여왕의 공격 명령에 정예 전사들은 점점 거리를 좁혀 오는 드래곤 슬레이어들에게 화살 공격을 퍼부었는데, 활과 화살을 얼마나 능수능란하게 다루는지 눈 깜짝할 새에 수십 발의 화살이 드래곤 슬레이어들의 급소로 날아들었다.

정말 화살 억수비가 드래곤 슬레이어들에게 쏟아져 내렸다.

하지만 드래곤 슬레이어들은 여섯 날개로 몸을 감싸 정예 궁수들의 화살을 모두 튕겨 내며 화살 억수비가 그치기를 기다렸다.

잠시 후 여왕의 정예 전사들의 화살통에 남은 화살이 모두 떨어지자 화살 억수비는 멈췄고 드래곤 슬레이어들은 몸을 감싼 날개를 펼쳤다.

그러고는 일제히 검은 마력탄을 웬트람이 펼친 보호

막에 던졌는데 마법에 미친 태풍도 간단하게 막아 냈던 웬트람의 섬세하고 강력한 마나로 만들어진 보호막이 산산조각이 나 버렸다.

"푸헉!"

한순간에 엄청난 마나를 소실한 웬트람은 피를 토하며 비틀거렸다.

"선생님!"

트래퍼스는 비틀거리다 쓰러지려는 웬트람을 부축했다.

"이런이런…… 제자 앞에서 선생님 꼴이 말이 아니게 됐네요."

트래퍼스는 점점 다가오며 숨통을 조이는 드래곤 슬레이어들이 겁나 아버지 등 뒤로 숨었다.

"안 되겠습니다, 여왕님! 저희들이 어떻게든 시간을 끌어 볼 테니 이곳을 빠져나가십시오!"

여왕의 정예 전사들은 허리춤에서 칼을 꺼내며 여왕에게 아뢰었다.

"그럼, 여러분들이 죽습니다! 저는 그럴 수 없어요! 저도 함께 싸우겠어요!"

정예 전사를 이끄는 리더로 보이는 자가 여왕을 밀치며

"이성을 따르십시오! 여왕님, 여기에 있다가는 우리 모두가 죽습니다!"

소리치더니

"여왕 폐하를 위해!"

함성을 지르며 정예 전사들과 함께 드래곤 슬레이어들에게 달려들었다.

"여왕님! 브리스와 제이 단장이 곧 이곳으로 올 겁니다. 일단 여기를 벗어나 그들과 함께 린푼드라로 돌아가야 합니다."

웬트람은 트래퍼스에게 기댄 몸을 바로 세우며 여왕에게 말했다.

"하지만 나의 전사들이!"

여왕은 드래곤 슬레이어들에게 죽어가는 정예 전사들을 두고 발걸음이 떨어지지 않는지 그들이 싸우는 것을 바라보고 있었다.

아무리 린푼드라의 정예 전사들이라고 한들 드래곤 슬레이어의 상대를 될 수가 없었다.

드래곤 슬레이어들은 여왕의 전사들을 가지고 놀듯이 상대하고 있었는데 그들이 휘두르는 무기를 손아귀로 잡아 부러트려 버리고는 전사들의 팔을 잡아 으스러트리고 뽑아 팔을 뜯어내 버렸다.

"어서 가십시오! 여왕 폐하!"

드래곤 슬레이어가 휘두른 창날에 하반신이 잘려 나간 정예 전사는 내장을 길바닥에 흘리며 여왕에게 어서 떠나라 소리쳤다.

하지만 드래곤 슬레이어가 창날을 가슴에 박아 넣자 길바닥에 머리를 대고 신음하다 죽어 갔다.

"저들의 희생을 헛되이 하지 마!"

보다못한 남자가 여왕의 손을 잡고 달렸다.

드래곤 슬레이어들에게서 멀어지고자 얼마나 필사적으로 달렸을까 점점 드래곤 슬레이어들의 날개 소리가 멀어져 갔다.

하지만 그 멀어지는 날개 소리는 마지막 여왕의 정예 전사가 주검이 되어 쓰러졌을때 또다시 가까워졌다.

잠시 후 드래곤 슬레이어들은 검은 번개를 쉬지 않고 날리며 도망치는 일행을 추격했다.

"으헉!"

일행을 향해 마구잡이로 날리는 검은 번개에 강타당한 남자는 비틀거리다 쓰러졌다.

"아빠!"

트래퍼스는 쓰러진 남자에게 달려갔는데 남자의 옆구리에서 피가 꿀럭꿀럭 뿜어져 나왔다.

"어서 가요! 조금만 더 가면 돼요!"

트래퍼스는 쓰러진 남자를 엎고 일행들과 함께 달렸는데 뜨끈한 피가 등을 타고 흘러내리는 것이 느껴졌다.

"잘도 도망쳤다만 여기까지다!"

일행을 바로 뒤까지 쫓아온 드래곤 슬레이어는 일행들에게 최후통첩을 날리고는 무서운 기세로 돌진했다.

꽝!

일행들에게 돌진한 드래곤 슬레이어는 어마어마한 속도로 날아온 브리스의 드래곤이 휘두르는 날개에 복부를 강타당해 불타는 상가 건물에 그대로 처박히고 말았다.

"왜 이제야 온 건가요? 느림보 아가씨······."

웬트람은 브리스를 보자 마음이 조금 놓이는지 창백한 얼굴로 실실 웃었다.

"느림보라뇨. 엄청 빠르게 온 거라구요."

브리스는 환영 브레스를 뿜어 쫓아오는 드래곤 슬레이어들에게 환영을 걸어 멈춰 세우고는 웬트람을 보며 말했다.

"단체 순간 이동을 시전할 테니까 다들 제 근처로 모이세요!"

제이는 자신의 드래곤과 마주 보고 주문을 외우기 시작했는데 제이를 감싸듯 펼친 드래곤의 날개에 이상한 기호와 숫자들이 생겨났다.

"제이, 물론 이런 말도 안 되는 대형 마법을 해본 적도 없고 쉽지 않다는 것쯤은 알고 있지만 빨리 서둘러 주세요. 지금 드래곤 슬레이어들이 환영에서 깨어나고 있어요."

브리스는 일행들을 제이 근처로 모으고 주변을 경계했는데 환영 브레스에 빠진 드래곤 슬레이어들의 허우적댐이 점점 줄어들고 있었다.

하지만 제이는 마법의 무아지경에 빠져 브리스의 말이 들리지 않는지 마법 주문을 거침없이 외웠는데 그녀의 눈이 점점 빛나기 시작했다.

"브리스…… 아직 멀었나요?"

웬트람은 정신을 차린 드래곤 슬레이어들이 일행을 찾아 두리번거리자 그답지 않게 진지하게 제이에게 물었다.

"제이 선생님, 빨리요!"

드래곤 슬레이어와 눈이 마주친 트래퍼스는 부들부들 떨리는 목소리로 제이를 재촉했다.

트래퍼스와 눈이 마주친 드래곤 슬레이어는 지체 않고 창지팡이를 꼬나들고 단체 순간 이동을 시전하는 제이에게 돌진해 왔는데 그들을 본 일행은 비명을 질렀다.

드래곤 슬레이어는 주문을 외우고 있는 제이의 목을 향해 창날을 정확히 찔러 넣었는데 제이의 목이 아니라 허공을 찔렀다.

찰나의 순간에 제이의 주문이 먼저 발현된 것이다!

"으아아아아아아아악!"

트래퍼스는 병영 초등학교 운동장으로 순간 이동해 온 줄도 모르고 아버지를 엎은 채 비명을 질러댔다.

"후우……. 제이 수고했어요."

브리스는 기진맥진한 제이를 부축해 주었다.

"뭐야! 재미없는 장소로 왔잖아! 난 거대 고래 입안으로 순간 이동해 올 줄 알고 죽었다고 생각했는데……."

"고래 입안으로 보내드려요?"

제이는 실망한 듯한 웬트람에게 물었다.

"그럴 리가 있나요? 수고했어요, 제이."

웬트람은 제이의 손을 잡으며 고마움을 표시했다.

"으윽……."

트래퍼스에게 업혀 있던 남자의 입에서 피가 왈칵 쏟아졌다.

"아빠!"

트래퍼스는 얼른 아빠를 브리스의 드래곤 날개 위에 눕혔는데 아빠의 얼굴이 새하얀 도화지처럼 창백해져 있었다.

"죽지 마세요, 아빠!"

"프란실!"

린 여왕은 점점 숨이 가빠지는 남자의 손을 잡으며 소리쳤다.

그런데 남자의 모습이 점점 이상하게 변해 갔다!

짧은 머리는 점점 길어지더니 햇살을 받은 달처럼 은은한 금은색 긴 생머리로 변했고 남성스런 각진 턱과 광대뼈가 점점 가냘퍼져 갔다. 또 팔다리가 얇아지고 어깨가 줄어들었으며 가슴이 봉긋 솟아올랐다.

"아빠?"

트래퍼스는 남자가 그 어떤 우드엘프 여인보다, 심지어 린 여왕보다 더 아름다운 여인으로 변하자 얼이 빠져 버렸다.

"우리 아들…… 많이 놀란 모양이네?"

아리따운 우드엘프 여인의 모습으로 변한 남자는 트래퍼스의 볼을 만지며 아들의 얼빠진 모습에 힘겹게 웃음 지었다.

"언니…… 내 아들을 부탁해……."

남자의 모습으로 지금까지 트래퍼스의 아버지 역할을 해왔던 프란실 공주는 언니 린 여왕의 손을 꼭 잡고 아들을 부탁했다.

동생의 부탁에 린 여왕은 그냥 눈물을 흘릴 뿐이었다.

"우리…… 아빠 아니에요?"

트래퍼스는 자기도 모르게 자신의 볼을 쓰다듬고 있는 프란실 공주의 곧 아래로 떨어질 것 같은 손을 붙잡고 물었다.

"미안해, 트래퍼스……. 널 보호하기 위해서 어쩔 수 없었단다. 난 네 엄마 프란실이란다."

"네? 제 어머니라구요?"

생애 처음으로 본 어머니의 모습에 트래퍼스의 몸이
떨려 왔다.

"너를 이렇게 속여서 정말 미안해…… 미안해……."

프란실 공주는 떨고 있는 아들에게 울며 용서를 구했
다.

"프란실! 정신 차려!"

프란실 공주의 눈꺼풀이 자꾸 힘없이 감기려 하자 린
여왕이 동생을 흔들어 깨웠다.

"언니…… 내 아들을 부탁해."

프란실 공주는 마지막 남은 힘을 쥐어짜 내 언니의
손을 꼭 잡으며 말했다.

린 여왕은 죽어가는 동생의 부탁에 그냥 고개를 끄덕
일 수밖에 없었다.

"엘바트론…… 엘바트론이 네 진짜 이름이란다."

언니의 끄덕임을 본 프란실 공주는 마지막으로 트래
퍼스를 보며 혼신의 힘을 다해 외치고는 눈을 감았다.

"엄마? 엄마!"

트래퍼스는 지금껏 자신의 아버지로 살아온 어머니를
애타게 불렀지만 어머니는 대답할 수 없었다.

❖　　❖　　❖

　혼혈 전사들이 지키고 있는 순수한 용아족의 땅 깊숙이 얼마나 들어갔을까?

　고래 가죽으로 만든 막사들이 가득한 야영지가 나왔다.

　야영지에서 휴식을 취하며 전투 준비를 하고 있던 혼혈 전사들은 달루네를 반겼다.

　혼혈 전사들은 아주 우람한 몸집을 가졌는데 이들은 등에 자신의 몸만큼이나 커다란 방패를 두르고 있었다.

　"아버지께서는 어디 계세요?"

　"지휘부 막사에 계시다. 그런데……."

　혼혈 전사들은 달루네의 뒤에 서 있는 해프리스와 용탄자를 발견하고는 이 둘을 뚫어져라 쳐다보다 가까이 다가왔다.

　"혹시 붉은 눈 일족 사람이오?"

　"우리 혼혈 일족 중 붉은 눈을 가진 자는 많지만 당신들처럼 붉다 못해 시뻘건 눈을 가진 자는 없소."

　"혹시 등에 메고 있는 것이 창지팡이오?"

　혼혈 전사들은 해프리스와 용탄자를 둘러싸고 질문을

해댔다.

"자자! 모두들 비켜 주세요. 빨리 아버지를 만나야 해요."

달루네는 해프리스와 용탄자를 데리고 혼혈 전사들을 헤치고 나와 지휘부 막사로 갔다.

지휘부 막사에는 다섯 명의 혼혈 전사들이 펼쳐진 지도를 보며 어떻게 붉은 눈썹 일족에 대항할지 심각하게 논의 중이었다.

"아빠!"

달루네는 지휘부 막사에 들어오자마자 철부지 딸처럼 아빠를 찾았다.

달루네의 목소리에 다섯 명의 혼혈 전사들 중 가장 덩치가 우람하고 커다란 방패를 등에 두른 자가 붉은 눈으로 딸을 찾았다.

"아이구! 우리 딸!"

그는 달려와 달루네를 꼭 걸음마를 갓 뗀 딸아이를 안 듯 번쩍 들어 올렸다.

"우리 딸! 그동안 어떻게 지냈어?"

달루네의 아버지 달리온은 오랜만에 본 딸의 볼을 부비며 말했다.

"아빠! 드디어 우리가 찾던 사람을 찾은 것 같아!"

달루네는 아버지 달리온의 귀에 비밀을 이야기하듯 소곤거렸다.

딸아이의 소곤거림에 달리온은 안은 딸을 내려놓고 딸아이와 함께 지휘부 막사로 들어온 해프리스와 용탄자를 주의 깊게 살피며 인사를 건넸다.

"이런이런…… 인사가 늦었소. 나는 붉은 눈썹 일족의 폭정에 대항에 일어선 혼혈일족을 이끄는 달리온이라 하오."

해프리스는 달리온이 내민 손을 잡으며

"나는 해프리스…… 아니, 하게둔이라 하오."

"하게둔이라면…… 용아족 왕가의 대전사가 아니오! 왕가의 대전사가 나의 막사를 찾아오다니! 이제야 길고도 힘겨운 전쟁에 희망이 보이는 듯하오!"

달리온은 하게둔의 어깨에 자신의 어깨를 부딪히며 반가움을 표시했다.

"하게둔, 당신의 옆에 있는 유난스러울 정도로 눈이 붉은 저자는 누구요?"

그러더니 하게둔의 옆에 서 있는 용탄자를 가르키며 물었다.

달리온의 물음에 하게둔은 잠깐 뜸을 들이더니

"내가 모시는 왕자요."

"아, 아니에요! 저는 왕자가 아니라 그냥 용탄자라고 하는 드래곤스 학생입니다."

하게둔의 말에 용탄자는 깜짝 놀라 손사래 치며 말했다.

"왕자라면……."

"용아린 왕자님의 아들이자 용리얀 폐하의 손자요."

달리온은 하게둔의 말에 용탄자를 뚫어지게 쳐다보았다.

"용리얀 폐하의 손자라고 하기에는……. 하게둔, 난 당신의 전쟁 기술을 믿지만 당신의 말과 당신의 왕자는 믿지 못하겠소."

"전 왕자가 아니라니까요!"

용탄자는 자신을 자꾸 왕자로 몰아가는 하게둔에게 소리쳤지만 하게둔은 들은 척도 하지 않았다.

"여기까지 오느라 수고했을 텐데 자리에 앉으시오!"

달리온이 하게둔과 용탄자에게 자리에 앉으라 권했다.

그때였다.

"달리온 족장!"

한 혼혈 전사가 급하게 지휘부 막사로 뛰어들어 와 달리온을 찾았다.

"무슨 일이냐?"

"붉은 눈썹 전사들이 다시 한 번 습격해 옵니다!"

"젠장! 도대체가 쉴 틈을 안 주는구만! 여궁수 부대를 곳곳에 배치하라! 모두들 드래곤에 올라라, 어서!"

"우리들도 돕겠소"

"그럼 어서 드래곤에 오르시오!"

하게둔과 용탄자는 각자의 드래곤에 올라 혼혈 전사들과 함께 전장으로 향했다.

순수한 용아족의 땅이 끝나는 곳 쯤에 도착해 보니 이미 그곳에 주둔해 있던 혼혈 전사들이 붉은 눈썹 전사들과 뒤엉켜 전투를 벌이고 있었다.

"형제들을 도와라!"

달리온은 혼혈 전사들에게 공격 명령을 내렸고 그들은 드래곤을 몰아 전투로 뛰어들었다.

스릉!'

전투에 뛰어든 혼혈 전사들은 등에 멘 방패를 꺼내 들었는데 방패는 혼혈 전사의 손에 들리자 양옆과 아래로 서슬 퍼런 날이 솟아났다.

혼혈 전사들은 사자가 발톱을 꺼내듯 날이 돋은 방패를 던졌는데 방패는 부메랑처럼 붉은 눈썹 전사들이 타고 있는 드래곤에게로 날아가 상처를 내고는 돌아왔다.

"모두 죽여라!"

방패날에 자신들의 드래곤이 상처를 입자 화가 난 붉은 눈썹 전사들은 검날처럼 기다란 날이 위아래로 달린 듀알린이라는 무기를 혼혈 전사들과 그들의 드래곤을 향해 휘둘렀는다.

그런데 놀랍게도 검기가 발산되어 미처 피하지 못한 혼혈 전사들을 두 동강 내 버렸다.

"죽음을 두려워하지 마라! 으아아아악!"

달리온은 붉은 눈썹 전사들이 발산하는 검기에 두 동강 난 혼혈 전사들과 그들의 드래곤이 아래로 추락하는 광경을 보며 분한 듯 소리쳤다.

그러더니 듀알린을 미친듯이 휘두르며 사방으로 검기를 날리는 붉은 눈썹 전사들을 향해 방패를 던졌는데 달리온의 손을 떠난 그의 방패는 곡선을 그리며 날아가 붉은 눈썹 전사 4명의 머리를 아래로 떨어트리고 다시 주인에게로 돌아왔다.

달리온은 적들을 죽이고 다시 돌아온 방패를 쉼 없이 던지며 적들을 추락시켰다.

달리온의 모습에 혼혈 전사들도 힘을 내서 붉은 눈썹 일족을 상대하기 시작했다.

"끄아아악!"

혼혈 전사들이 수적으로 월등히 앞서 있었지만 거미줄을 펼치듯 촘촘한 검기를 사방으로 날려대는 붉은 눈썹 전사들의 상대가 되지 못했다.

덕분에 혼혈 전사들과 이들의 드래곤은 비 오듯 하늘에서 떨어졌다.

"발사!"

전투의 패색이 점점 짙어져 가고 있을 때 갑자기 화살이 하늘로 날아올라 붉은 눈썹 전사들을 공격하기 시작했다.

달루네가 혼혈일족 여인들로 구성된 여전사들을 데리고 나타나 적을 하늘에서 추락시키기 위해 화살비를 하늘로 쏘아 올린 것이다!

여전사들의 화살 공격은 붉은 눈썹 전사들에게 치명타를 가할 수는 없었지만 이들을 성가시게 만들어 공격을 끊어 놓을 수 있었고, 혼혈 전사들은 붉은 눈썹 전

사들의 검기가 잠깐씩 멈추는 찰나에 위기에서 벗어나
거나 공격을 펼칠 수 있게 되었다.

"역시 내 딸이야!"

달리온은 땅에서 혼혈 전사들을 보조하는 딸을 보며
뿌듯해했다.

"궁수들을 죽여라!"

여전사들의 화살 공격에 주춤거리는 사이 혼혈 전사
들이 날린 방패에 목이 달아나는 붉은 눈썹 전사들이
하나둘 늘어나자 이번 공격을 책임지는 전사로 보이는
자가 명령을 내렸다.

명을 받은 붉은 눈썹 전사들은 급강하를 펼치며 아래
로 내려갔다.

"테리…… 아니, 달루네!"

검기 공격을 펼치는 붉은 눈썹 전사의 드래곤의 왼쪽
날개를 검은 번개로 때려 중심을 잃은 사이 순간 이동
하듯 번쩍 돌진하여 적의 심장에 창날을 박아 넣은 용
탄자는 창에 꿰인 채 피를 토하는 적을 아래로 내던지
다 아래에 있는 달루네와 그녀의 여전사들을 향해 다가
가는 한 무리의 붉은 눈썹 전사들을 목격했다.

"공격!"

달루네와 그녀의 여전사들은 자신들에게로 급강하해 오는 붉은 눈썹 전사들을 향해 화살을 날렸지만 그들은 화살 따위는 검기로 가볍게 튕겨 내며 빠르게 접근했다.

"데쓰무쓰!"

"뭬! 왜?"

데쓰무쓰는 용탄자의 창지팡이에 꿰어 아래로 떨어진 붉은 눈썹 전사의 드래곤의 목을 물어 머리를 뜯어내다 용탄자가 부르자 뜯긴 머리를 뱉어 내고 대답했다.

"저놈들 잡자!"

"오케이!"

용탄자는 데쓰무쓰를 몰아 급강하를 시작했다.

"으악!"

용탄자는 급강하를 하면서 데쓰무쓰의 날개를 움직여 급강하의 속도를 높혔다.

급강하를 하게 되면 바람 때문에 날개를 펴기도 불가능한데 날개를 펴서 속도를 높이다니 정말 엄청난 날개 힘이 없으면 불가능한 일이었다!

몇 초만에 땅으로 향하는 붉은 눈썹 전사들의 드래곤의 뒤를 잡은 용탄자는 데쓰무쓰에서 뛰어 제일 가까이 있는 붉은 눈썹 전사의 드래곤 등에 올랐다. 그리고 곧장 드래곤을 모는 붉은 눈썹 전사의 등에 창날을 꽂아 즉사시키고는 바로 앞에 보이는 드래곤의 등으로 뛰어올랐다.

두 번째 전사는 좀 전에 뒤에서 들렸던 비명 소리에 불현듯 뒤를 돌아보았는데 용탄자는 전사의 머리를 잡아 그대로 꺽어 버렸다.

그리고 마지막 남은 드래곤의 등으로 뛰어올랐는데 창지팡이를 꼬나든 붉은 눈의 사신을 등에 태운 드래곤의 주인은 땅에 가까이 이르자 드래곤의 날개를 펼쳐 감속비행을 펼치려 했다.

"데쓰무쓰!"

용탄자는 마지막 남은 드래곤이 감속비행을 하기 직전에 한쪽 날개를 잘라 버리고는 데쓰무쓰를 불렀다.

"잡았다!"

이제 먼 거리에서도 용탄자와 함께 자신의 날개를 자유자재로 움직일 수 있게 된 데쓰무쓰는 날개가 잘려 감속비행을 못하는 드래곤 등에 있는 용탄자를 앞발로 잡음과 동시에 날개를 활짝 펼쳐 감속비행을 펼쳤다.

"흐아아아압!"

빠른 속도로 급강하하는 적들을 순식간에 따라잡은 엄청난 속도로 비행하는 바람에 감속비행을 하고고도 날개를 펼치는 순간 엄청난 속도압이 날개에 전해졌지만 용탄자와 데쓰무쓰는 견뎌 내고 땅에 그대로 내리꽂혀 몸이 섬뜩하게 돌아가고 꺾여 있는 붉은 눈썹 전사와 드래곤의 시체 위에 착지했다.

　쿵!

　쿵!

　뒤이어 용탄자의 창날에 주인을 잃은 드래곤 두 마리가 땅에 떨어졌다.

　용탄자는 왼편에 떨어진 드래곤의 뒤통수에 창날을 찔러 넣어 숨통을 끊어 냈고 데쓰무쓰는 오른편에 떨어진 드래곤의 목을 앞발로 움켜잡아 뽑아 버렸다.

　퍽!

　퍽!

　마지막으로 용탄자와 데쓰무쓰에게 목숨을 잃은 두 드래곤의 주인들이 땅에 떨어졌다.

　달루네는 사납디사나운 붉은 눈썹 전사의 드래곤의 뒤통수에 꽂힌 창지팡기를 양손으로 잡고 가쁜 숨을 몰아쉬고 있는 용탄자에게 다가갔다.

"용탄자니?"

그녀는 눈으로 보고 믿기 힘든 비행술과 전쟁 기술로 용아족의 여섯 부족들 가운데 가장 용맹한 붉은 눈썹 일족의 전사들과 그들의 드래곤을 죽인 걸로도 모자라 살아 있는 용탄자가 꼭 용탄자가 아닌 것 같아 물었다.

"그럼 내가 누구겠노?"

용탄자는 얼굴에 묻은 뜨뜨미지근한 붉은 피를 닦아 내며 무심히 말했다.

"네 여전사들한테 뿔뿔이 흩어져서 화살 공격을 하라고 해라. 이렇게 한 곳에 뭉쳐 있다가 저놈들한테 공격당하면 몰살당하기 십상이다. 어서!"

그러더니 적 드래곤의 뒤통수에 박힌 창지팡이를 빼내며 달루네에게 말했다.

"모두들 곳곳으로 흩어져서 화살 공격을 펼쳐!"

달루네는 서둘러 여전사들에게 명을 내렸다.

"그럼 전투 끝나고 보자!"

용탄자는 다시 데쓰무쓰의 등에 올랐다.

"잠깐만!"

달루네는 용탄자가 데쓰무쓰의 날개를 움직이자 그를 멈춰 세웠다.

용탄자는 달루네가 부르자 하늘로 날아오르려다 말고 그녀를 쳐다보았다.

달루네는 자신을 쳐다보는 용탄자에게 다가가다 멈칫하더니

"조심하라구……."

달루네의 왠지 모르게 소심하게 들리는 말에 용탄자는 한쪽 입고리를 올리며 웃더니

"싱겁기는."

곧장 전투가 펼쳐지고 있는 하늘로 날아올랐다.

이번 전투는 붉은 눈 일족의 두 전사와 달루네가 이끄는 여전사들 덕분에 혼혈일족이 승리를 거둘 수가 있었다.

하지만 승리의 기쁨도 잠시 제국에서 더 많은 붉은 눈썹 전사들이 혼혈일족의 땅으로 몰려왔다.

날이 갈수록 수가 불어나는 그들은 한편으로는 혼혈 전사들을 상대하면서 다른 쪽으로는 약탈 기습조를 꾸려 혼혈일족의 사람들을 납치해 데려갔다.

달리온은 혼혈일족 사람들이 붉은 눈썹 일족의 약탈 기습조에 습격당해 잡혀 가고 있다는 소식이 여기저기서 들려오자 점점 초조해하고 있었다.

쾅!

매일같이 반복되는 붉은 눈썹 전사들과의 일전을 치르고 막사로 돌아온 달리온은 지휘부 막사로 들어오자마자 피로 범벅이 된 방패를 냅다 집어던지며 분해했다.

"젠장! 이 일을 어떻게 하면 좋단 말인가! 우리가 전선을 겨우겨우 유지하는 사이 저 빌어먹을 놈들이 우리 일족들을 납치해 가고 있으니!"

"조급한 마음이 일으키는 분노는 그대를 벼랑 끝으로 몰 뿐이오. 달리온."

적의 피로 범벅이 된 하게둔이 달리온의 분노를 잠재우려 했지만 달리온의 거칠어진 숨소리는 사그라들 줄 몰랐다.

"아빠! 지금 팔에서 피가 나잖아!"

달리온의 피가 그의 팔을 타고 뚝뚝 흐르자 달루네가 얼른 뛰어와 상처를 돌보았다.

"곧 용의 꿈안개가 용아족 섬에 이를 것인데 내가 화나지 않게 생겼소? 안개가 이곳에 이르기 전까지 저 빌어먹을 놈들을 모두 죽이고 잡혀간 나의 동족들을 되찾아오지않으면 그들은 제국으로 끌려가 노예 생활을 하게 될 것이오!"

달리온은 딸아이에게 상처입은 팔을 맡기고 하게둔에게 따지듯 소리쳤다.

"용의 꿈안개? 그게 뭔데요?"

용탄자는 오랜 전투 중에 얼굴에 묻어 응고된 피딱지를 떼어내며 물었다.

"일 년에 한 번 우리 땅에 와 모든 드래곤을 잠들게 만든다네. 드래곤들은 안개에 취해 잠을 자면서 허물을 벗고 한 단계 성장하게 돼지."

달리온은 전투를 벌일 때마다 적들을 야만스럽게 죽이며 붉게 변하는 용탄자를 하게둔처럼 대하며 말했다.

"그래서 용아족 사람들은 드래곤들을 성장시키는 용의 꿈안개를 환영하는 뜻에서 축제를 벌여. 이 축제 기간에는 그 어떤 전투도 싸움도 용납되지 않아."

달루네가 아빠의 다친 팔을 치료하며 말했다.

"그러니까 용의 꿈안개가 여기에 도착하면 붉은 눈썹 놈들은 우리들이 전투에 나오지 않을 거라고 생각하고 잡아들인 혼혈일족의 사람들을 제국으로 이송한다 이거가?"

하게둔이 창지팡이를 등에 메며 말했다.

"그래. 저들의 드래곤은 물론 우리 드래곤까지 모두 잠에 빠지기 때문에 전투를 벌이고 싶어도 할 수가 없지."

용탄자가 하게둔을 따라 창지팡이를 등에 메며 말했다.

"모든 드래곤들이 잠들어 버린 그때가 우리들의 백성을 되찾을 절호의 기회가 될 겁니다."

"우리들의 백성?"

달리온은 용탄자의 말이 거슬렸는지 인상을 찌푸렸고 하게둔은 그냥 웃음만 지을 뿐이었다.

"네, 우리들의 백성이요."

용탄자는 방금 자신이 한 말을 까먹었는지 아니면 자신도 모르게 한 말이라 모르는지 달리온의 말에 왜 그런 말을 하냐는 듯이 달리온을 쳐다봤다.

"방금 탄자 네가 잡혀간 혼혈일족의 사람들을 우리들의 백성이라고 했잖아. 이 바보야."

달루네는 아버지의 팔에 붕대를 감아주다 용탄자의 말에 깜짝 놀라 그를 쳐다보며 말했다.

"그랬나? 전투를 막 끝내고 온 거라 정신이 없네."

"우리들의 드래곤까지 모두 다 잠들어 버리면 무엇으

로 그들을 습격할 텐가?"

달리온은 자리에서 일어나 용탄자에게 가까이 다가가 물었다.

"용의 꿈안개가 우리들의 땅을 덮치면 모든 드래곤들은 잠들겠지만 우리들까지 잠들지는 않겠죠?"

"우리들은 축제를 벌였으니 그렇겠지."

"그럼 우리들의 팔다리를 무기로 붉은 눈썹 진영을 습격해서 그놈들을 모조리 죽이고 우리들의 백성을 되찾아오면 됩니다."

"안개가 섬에 머무는 일주일간은 그 어떤 전투도 싸움도 금지된다네."

"달리온 족장."

달리온 족장의 말에 용탄자는 진지하게 그를 불렀다.

"왜 그러나?"

"그대는 전통과 백성들의 목숨 중 어느 것을 택할 겁니까?"

용탄자의 물음에 달리온은 그를 보며 씨익 웃음 짓더니 하게둔을 보며

"일전에 내가 그대에게 그대의 전쟁 기술을 믿으나 그대의 말과 그대의 왕자는 못 믿겠다는 말…… 취소하

겠소."

하게둔은 달리온의 말에 웃으며 고개를 끄덕였다.

"백성? 우리들의 백성? 이게 도대체 뭔 말이야……."

용탄자는 허락도 받지 않고 저절로 입 밖으로 나온 이상한 단어들을 다시 말해보며 불쾌한 표정을 지었다.

점점 자신도 모르는 사이 변해 가는 용탄자를 달루네는 눈을 떼지 못하고 쳐다봤다.

"이틀 뒤에 용의 꿈안개가 이곳에 도착할 것 같네. 언제쯤 저들을 습격하면 될 것 같나?"

"우리들처럼 전투에 지친 저들이 안심하고 깊게 잠들 용의 꿈안개가 이곳에 도착한 첫날 새벽이 좋을 것 같은데요?"

"좋네! 왕자 그대의 말을 믿겠네. 이틀 뒤 새벽에 급습하도록 하지!"

"왕자……라구요?"

"설마 존대를 바라는 건 아니겠지? 하게둔! 나 역시 이제부터 자네와 마찬가지로 왕자를 모시겠지만 아직까지 자기가 누군지도 모르는 왕자에게 존대를 할 생각은 없네."

"전 왕자가 아니라니까요!"

용탄자의 신경질 섞인 고함 소리에 하게둔은 피식 웃더니 달리온에게 다가가 악수를 청하며

"나 역시 아직 내가 모시는 왕자를 존대하지는 않네."

"하하하하하! 이렇게 말을 편하게 하니 한결 가까워진 것 같구만!"

달리온은 악수를 청하는 하게둔의 손을 잡으며 그를 친구이자 같은 왕자를 모시는 동료로서 안았다.

"이런……."

용탄자는 멋대로 자기를 왕자로 만드는 하게둔과 달리온이 꼴 보기 싫은지 지휘부 막사를 나와 자신의 막사로 들어갔다.

"왕자님, 화나셔떠요?"

데쓰무쓰는 용탄자를 맴돌며 그를 어린 왕자 취급하며 빈정거렸다.

"그만해라."

용탄자는 창지팡이를 세워 두고 피로 범벅이 된 달리온이 준 혼혈 전사 갑옷을 벗으며 나지막하게 말했다.

"키득키득! 야, 그런데 너 정말 왕자냐?"

데쓰무쓰는 아늑한 둥지인 용탄자의 머리 위에 앉아

용탄자의 머리카락을 만지면서 물었다.

"아니라고!"

"그런데 네 엄마는 방학 때 많이 봤는데 네 아빠는 한 번도 못 봤는데 어디 계셔?"

"돌아가셨다."

"해프리스가 하는 말 조금 들었는데 네 아빠가 이 땅의 왕족이라며?"

"네가 하게둔이 내 아버지에 대해서 하는 말을 언제 들었는데?"

"드래곤 슬레이어들한테 겨우 도망쳐 나와서 간 바다 보이는 마을에서 해프리스가 그랬잖아. 네 아버지는 용아족의 왕자였다고."

"잠깐만 그때는 네가 내 몸 안에 있을 땐데 그걸 어떻게 들었노?"

"요즘 잠을 자면 우리가 합체했었을 때 네가 겪었던 일들이 생생하게 보이더라구."

"희한하네……."

"그런데 왕자인 게 그렇게 싫냐? 왕자면 좋은 거 아냐? 나중에 왕이 되는 거잖아?"

"나는 왕이니 왕자니 용아족 땅이니…… 전부 다 관

심없다. 그냥 예전으로 돌아가서 드래곤스 학생으로 지내고 싶다. 트래퍼스랑 같이 학교 생활하다가 방학되면 현실 세계로 와서 알바도 하고…… 뭐 그렇게."

"하긴 드래곤스에 있을 때가 좋긴 좋았지. 엄청 맛있는 음식도 있었고 말이야."

"니는 그냥 음식 때문에 좋은 거제?"

"뭐……."

데쓰무쓰는 아니라고는 말 못하고 그냥 대충 얼버무렸다.

"나 잠깐 바람 좀 쐬고 올게."

"그래. 그래도 너무 멀리는 나가지 마라. 붉은 눈썹 놈들한테 잡힐 수도 있으니까."

데쓰무쓰는 대답도 하지 않고 막사를 쌩하니 나가 버렸다.

"그나저나 트래퍼스는 뭐하고 있을라나? 어디서 왕따당하고 있는 거 아냐?"

학교 생각을 하던 용탄자는 갑자기 단짝 친구가 생각나 잠시 멍하니 지펴진 장작불을 바라보며 트래퍼스와의 추억에 빠졌다.

"탄자야……."

몸에 잘 맞지 않는 혼혈 전사 갑옷만 벗은 채 씻지도 않고 멍하니 추억에 빠져 있을 때 막사를 들어온 누군가의 목소리에 용탄자는 탁! 하고 스위치 켜진 로봇처럼 갑자기 움직이며

"벌써 왔냐? 어디까지 바람 쐬러……."

용탄자는 자신의 막사에 들어온 누군가의 목소리가 당연히 데쓰무쓰일 거라 생각하고 말하다 여인의 그림자가 장작불 근처에 생겨나 막사 입구를 쳐다보았는데 달루네가 서 있었다.

"어? 달루네 네가 여기는 어떻게……."

"왜? 들어오면 안 되는 거야?"

"아니…… 그건 아니고, 앉아라."

용탄자는 자신의 막사로 들어온 달루네에게 자리를 권하고 수건으로 온몸에 묻은 피를 닦아냈다.

달루네는 의자에 앉아 용탄자가 피를 닦아 내는 것을 쳐다봤다.

덕분에 막사에는 어색한 침묵만이 흘렀다.

"뭘 그렇게 보노?"

용탄자는 계속 자신을 쳐다보고 있는 달루네가 신경 쓰이는지 말을 툭! 내뱉었다.

"엄청 잘 싸우는 모양이네? 온몸에 피가 잔뜩 묻은 걸 보니까……."

"이 피들 중에 반은 혼혈 전사들이 뿜은 피다. 붉은 눈썹 놈들 엄청 강하더라. 드래곤 슬레이어들하고 맞먹을 정도로……."

"그럼 나머지 반은 붉은 눈썹 전사들 피란 소리네?"

"뭐…… 그렇지."

용탄자는 쑥스러운지 머리를 긁적이며 침대에 걸터앉았다.

"혼혈 전사들 사이에서 용탄자 네 소문이 파다해."

"무슨 소문?"

"정확히는 하게둔 님과 너에 대한 소문이지."

"그러니까 그게 뭔데?"

"너와 하게둔 님이 용아족에서 제일가는 전사라는 소문 말이야. 밖에 혼혈 전사들이 하는 얘기 못 들었어? 붉은 눈썹 전사들의 붉은 피로 목을 축이는 창마술사에 대한 이야기 말이야."

"그놈들이 과장해서 얘기한 거다. 그냥 살려고 발악하면서 싸우다 보니 목이 좀 텁텁해서 마실 게 없나 하고 찾다가 그냥 몇 모금 마신 것뿐인데 뭐."

"내가 그 모습을 봤으면 좋았을 텐데……."

"그건 안 된다. 땅에서 쏘아 올린 화살이 얼마나 거슬리고 신경 쓰이는지 한 번 경험한 붉은 눈썹 전사들은 너희 여전사들을 발견하면 가장 먼저 죽이려 들 테니까."

"오~ 적의 움직임까지 파악하고 있는 거야? 놀라운데?"

"너만큼 놀라울까?"

"무슨 말이야?"

"처음에는 섹시한 다크엘프였다가 나중에는 다클링 암살단을 이끄는 리더였다가 지금은 혼혈일족을 이끄는 달리온 족장의 딸이자 여전사잖아."

"다크엘프로 분장한 건 용아족 혼혈일족보다 다크엘프 쪽이 판타지 세계, 현실 세계를 돌아다니기에 편하니까 그런거구, 다클링 암살단은 실은 다크엘프로 분장한 우리 혼혈일족 여전사들 집단이야."

용탄자는 상관없다는 듯 눈썹을 올렸다 내렸다.

"뭐 다크엘프고 다클링 암살단의 리더고 간에 난 지금 네 모습이 제일 나은 것 같다."

"왜?"

"자연스러우니까 섹시한 척하는 다크엘프로 있을 때는 뭔가 모르게 부자연스러워서 싫었거든."

"다크엘프의 모습이 내 모습이 아니라는 걸 안 사람은 네가 처음이야. 그래서 날 그렇게 경계했던 거야?"

"어. 니가 가짜 모습으로 뭘 숨기고 있는지 모르니까."

"영리한데?"

"그런데 여기 용아족 여자들은 다 너희 여전사들처럼 드래곤을 안 가지고 있나?"

"아니 그건 아니야. 우리 혼혈일족 여자들만 드래곤의 선택을 받지 못해."

"왜?"

"글쎄…… 자세한 이유는 나도 잘 모르겠어. 다른 순수 혈통들은 우리 혼혈일족 모두를 천대하지만 특히 혼혈일족 여자들을 제일 천대해. 순수한 피를 더럽힌 대가로 드래곤의 선택을 받지 못한 더러운 피를 가진 여인들이라 여기거든."

"그런 게 어딨노? 엄마, 아빠가 용아족 사람이 아닌 여학생들이 드래곤스에 얼마나 많은데."

"난 우리 혼혈일족 여자들이 더러운 피를 가지고 있

다고 생각하지 않아. 용아족의 순수 혈통의 여인들이 가지고 있지 않은 힘을 가지고 있기 때문에 드래곤들이 필요없어서 우리들이 드래곤들에게 선택받기를 거부하고 있는 거라고 생각해."

용탄자는 자신이 혼혈일족의 여인이라는 것을 자랑스럽게 여기는 달루네의 머리를 장난스레 헝클어트렸다.

"앗! 뭐야?"

달루네는 자신의 붉은 머리카락을 마구 헝클어트리는 용탄자의 손을 잡아 머리에서 떼어내려 했지만 용탄자의 팔 힘을 이겨낼 수가 없었다.

용탄자는 달루네의 머리를 엉킨 실뭉치처럼 만들어놓고서야 손을 뗐다.

"뭐하는 거야!"

붉은 사자 머리가 되어 버린 달루네는 신경질적으로 용탄자에게 소리치며 인상을 잔뜩 썼다.

용탄자는 그런 달루네를 보며

"지금 네 모습이 다크엘프 때의 모습보다 훨씬 더 매력적이다."

용탄자의 미소 섞인 말에 달루네는 토라진 듯 뒤돌아 머리를 정리하며 붉힌 얼굴을 숨겼다.

"이번 습격 작전에는 우리 여전사들도 참가하게 될 거야. 그럼 쉬어."

헝클어진 머리를 정리한 달루네는 두근대는 속마음처럼 붉은 얼굴을 용탄자에게 들키고 싶지 않아 얼른 막사를 나와 한동안 숲을 돌아다니며 진한 풀내음이 나는 바람에 얼굴을 식혀야 했다.

이틀 후 용아족의 땅으로 용의 꿈안개가 찾아와 모든 드래곤들은 달콤한 잠에 빠져들어 꿈을 꾸기 시작했다.

아직 붉은 눈썹 일족의 제국 땅이 되지 않은 순수한 용아족 땅의 모습 그대로를 간직한 혼혈일족의 땅에도 용의 꿈안개는 찾아왔고 혼혈일족의 드래곤들은 물론이고 혼혈일족을 노예로 잡아들이기 위해 혼혈일족 땅으로 온 붉은 눈썹 전사들의 드래곤들도 용의 꿈안개에 취해 잠에 빠져들었다.

"드디어 때가 온 듯하구만!"

용의 꿈안개가 깔려 드래곤이 잠에 빠져들자 달리온은 달루네와 하게둔, 용탄자를 지휘부 막사로 불렀다.

"받게나!"

달리온은 지휘부 막사로 들어온 하게둔과 용탄자에게 새하얀 단도 한 자루씩을 건넸다.

"어제 갓 잡은 포악스럽고 잔인한 백상어의 날카로운 이빨로 만든 단검이야. 잠든 붉은 눈썹 전사들의 목젖을 따기에 아주 적합한 놈들이지."

용탄자는 백상어의 가죽으로 만든 단도집에서 단도를 꺼냈는데 날이 아주 포악스럽게 날카로운 녀석이 날을 번뜩였다.

"혼혈 전사들과 여전사들 모두 똑같은 단도로 무장시켰소. 왕자, 이제 우리는 어떻게 하면 되는 거요?"

"왕자가 아니…… 하아~"

용탄자는 자신은 왕자가 아니라고 말하려다 한숨을 한 번 내쉬고는

"달루네. 여전사들 중에 활을 제일 잘 쏘는 자들을 선별해서 제일 좋은 활로 무장시켜."

"적 진영으로 들어가서 자고 있는 붉은 눈썹 녀석들을 급습하는 거 아니었어?"

"맞아. 하지만 녀석들도 바보가 아닌 이상 보초들을 세워 둘 거야. 그 보초들이 죽으면서도 소리를 지를 수 없도록 입안에 정확히 화살을 맞출 수 있는 궁수들이 필요해."

"알았어. 여전사들 중 제일가는 궁술을 가진 여인들

만 추려서 무장시켜 놓을게."

달루네는 휘파람을 불었는데 그 휘파람 소리를 듣고 막사 밖에 대기하고 있던 여전사가 안으로 들어왔다.

"여전사들 중 제일 활을 잘 쏘는 여인들을 선별해서 고래뼈곡궁으로 무장시켜."

"명, 따르겠습니다."

달루네의 명을 받은 여전사가 막사를 나갔다.

"그럼 우리들은 붉은 눈썹 녀석들이 안심하고 곯아떨어질 새벽에 소리없이 저놈들의 막사를 치는 걸로 하죠."

"하! 붉은 눈썹 녀석들 오늘이 자기들 제삿날인 줄도 모르고 곯아떨어지겠구만!"

하게둔은 곧 있을 습격이 전투만큼이나 흥분되는지 단도를 이리저리 휘두르며 붉은 눈썹 전사들을 비웃었다.

4. 용의 꿈안개와 함께

린푼드라는 지금 프란실 공주의 장례식 준비로 모두
가 분주했지만 슬픔의 침묵이 주변을 무겁게 짓누르고
있었다.

트래퍼스는 모두가 장례식 준비로 바쁜 이때 프란실
공주의 방에 곱게 모셔진 그녀의 시신을 보며 말없이
뜨거운 눈물을 흘리고 있었다.

똑똑똑!

"누구세요?"

누군가의 노크 소리에 트래퍼스는 눈물을 소매로 닦

아 감췄다.

잠시 후 문이 열리고 린 여왕이 들어왔다.

린 여왕은 얼마나 울었는지 눈이 퉁퉁 부은 조카를 끌어안고 한동안 말없이 트래퍼스를 달래주었다.

"괜찮습니다. 이모님."

트래퍼스는 린 여왕의 품에서 빠져나와 그녀를 이모라고 불렀다.

"우리 조카님. 피오란 공주의 뒷꽁무니만 졸졸 따라다니던 어린아이에서 어느새 성인이 되어 버렸네. 아픔보다 더 좋은 성숙의 기회는 없는 법이지."

린 여왕은 프란실 공주가 살아생전에 앉아서 책 읽기를 좋아했던 월계수 그네 의자에 트래퍼스와 나란히 앉았다.

"어린아이에서 어른으로 훌쩍 성장해 버릴 만큼 어머니의 죽음이 뼈저리게 아플 거란 거 누구보다 잘 알아……."

"이모님께서도 제 마음을 모를 겁니다. 제가 얼마나 오랫동안 어머니를 그리워했는지…… 그런 어머니를 만나게 됐는데 이제 그녀는 싸늘한 주검이 돼서 저기에 누워 있다구요!"

린 여왕은 말없이 트래퍼스의 볼을 타고 흐르는 눈물을 닦아주었다.

"말해주세요! 제 진짜 아버지가 누군지! 그리고 어머니는 왜 제게 아버지여야만 했는지!"

"슬퍼하는 모습이 꼭 프란실 같더니 화내는 모습은 꼭 네 아버지 엘비스 같네."

"엘비스? 폰테인 기사단의 사령관이 제 아버지란 말이에요?"

"그래…… 케이린 숲 인근 마을인 그린포트 마을에 살았던 엘비스는 케이린 숲 상공을 날면서 풀내음을 맡는 걸 좋아했단다. 케이린 숲 상공을 돌아가신 어마마마의 허락도 받지 않고 마음대로 날아다니는 엘비스가 마음에 들지 않았던 프란실은 어느 날 화살로 그의 어깨를 맞춰 버렸지. 화살을 맞은 엘비스는 곧 케이린 숲으로 착륙해 프란실 앞에 섰고 프란실은 호위 전사들에게 엘비스를 잡으라 명했어. 그다음 어떤 일이 벌어졌는 줄 아니?"

린 여왕의 물음 트래퍼스는 아무 말없이 그녀를 쳐다만 보았다.

"엘비스가 프란실의 호위 전사들을 모두 때려눕히고

당황해 도망치는 프란실을 잡고서 그녀의 이마에 키스해 주었지. 엘비스의 키스를 받은 그날 볼이 잘 익은 복숭아처럼 붉어진 프란실이 내게 와서 엘비스에 대해 들뜬 목소리로 말하던 것이 어제 일처럼 느껴지는구나. 그날로 프란실은 엘비스가 사는 그린포트를 제 집처럼 드나들었단다. 덕분에 그린포트에는 엘프들이 산다는 소문이 퍼졌지. 얼마 안 가 돌아가신 전 여왕 폐하이신 어마마마께서 이 사실을 알게 되어 프란실을 여기 그녀의 방에 감금시켰지만 엘비스가 그의 드래곤 부처를 타고 날아와 그녀를 데리고 도망쳤단다. 그리고 며칠 뒤 그들의 비밀스런 결혼식이 거행됐지. 어마마마의 눈을 피해 그 결혼식에 참가하려고 이 이모가 얼마나 고생을 했는지 아니?"

린 여왕은 어머니의 눈을 피해 린푼드라를 빠져나갔던 때가 떠올랐는지 잠깐 미소를 지었다.

"얼마 안 가 프란실은 너를 가졌고 배가 점점 불러왔지. 하지만 엘비스는 그녀를 돌볼 수가 없었단다. 여섯 날개의 군주가 강림하여 세상에 암흑기가 도래했었거든. 엘비스는 그 암흑기에 한 줄기 빛이 되어야 했지. 네 아버지가 이 땅의 자유를 위해 폰테인 기사단을 이끌고 여섯 날개의 군주와 빛의 날개와 검은 손 전쟁을 치르고 있을 때 네가 태어났단다. 이 이모가 너를 직접 받았지."

린 여왕은 동생의 머리를 닮아 풍성한 머릿결을 가진 트래퍼스의 머리를 쓰다듬었다.

"네가 태어나고 2년쯤 흘렀을 때 엘비스는 여섯 날개의 군주를 봉인해 빛의 날개와 검은 손 전쟁을 끝내고 돌아왔지. 하지만 그는 여섯 날개의 군주에게 치명상을 입은 자신의 드래곤 부처를 살리기 위해 합체술을 강행해 못 알아볼 정도로 변해 버린 상태였단다. 그는 아버지를 알아보지 못하는 너를 끌어안고 한참을 울더니 너를 엘비스의 아들이 감당해야 되는 위험을 겪게 할 수 없다며 프란실에게 트래퍼스라는 이름으로 이 아이를 키우라고 했지."

"위험이라면……."

"엘비스는 여섯 날개의 괴수들이 모두 죽지 않았다고 여겼지. 여섯 날개의 괴수들은 분명 어딘가에서 힘을 키우다 언젠가 군주의 부활을 위해 움직일 거라 예상했단다. 언젠가 그들이 움직이게 되면 엘비스는 너와 네 어머니가 위험에 처하게 될 거라 생각했지. 그래서 엘비스는 프란실과 너를 현실 세계로 보내 살게 했던 거야. 네 어머니는 네가 엘비스의 아들이라는 사실을 철저히 숨기기 위해 너의 어머니가 아닌 너의 아버지가 되기로 했던 거고 말이야."

"엘비스…… 제 아버지는 지금 어디 계신가요?"

"엘비스는 빛의 날개와 검은 손 전쟁을 승리로 이끈 다음 드래곤스라는 드래곤 라이더 양성 학교를 설립하고 교장 선생님으로써 아이들을 가르쳤단다. 얼마 전까지 말이야."

"교장 선생님이…… 제 아버지라구요?"

트래퍼스는 린 여왕의 말을 믿을 수가 없었다.

"지금 교장 선생님을 만나봐야겠어요!"

트래퍼스는 자리에서 일어나 드래곤스로 가려 했지만 린 여왕이 그를 말렸다.

"이미…… 늦었단다."

"뭐가 늦었다는 거예요?"

"다크 메인을 봉인하던 그날 죽어가는 부처를 살리고자 합체술을 강행한 네 아버지 엘비스는 부처를 몸으로 받아들여 자신의 생명력으로 부처의 목숨을 유지해 왔어. 그런데 이제 한계에 이르렀단다. 부활한 다크 메인이 그런 그를 찾아갔다고 하니 아마도 네 아버지는 더 이상 이세상에 없을 거야……."

트래퍼스는 그제야 선생님들이 왜 자신을 데리고 황급히 드래곤스를 빠져나와 이곳으로 왔는지 알게 되었다.

"이제 모두 끝나 버린 거네요. 다크 메인을 상대할 수 있는 유일한 사람도 죽었고 폰테인 기사단도 해체된 이 마당에 과연 누가 이 땅을 위해 싸워 줄까요?"

트래퍼스는 갑자기 세상이 끝나 버린 것 같아 세상과 함께 죽은 사람처럼 멍하니 넋을 놓았다.

"엘비스는 없지만 그와 내 동생의 아들인 네가 있지 않니…… 엘바트론."

린 여왕의 말이 너무도 무겁고 겁이나 트래퍼스는 못 들은 척 고개를 떨궜다.

다음 날 린푼드라 앞 미로나무 정원에서 열린 프란실 공주의 장례식이 열려 케이린 숲의 모든 우드엘프들이 모여 그녀의 죽음을 슬퍼했다.

"제 아버지로 사시느라 얼마나 힘드셨어요? 제가 뭐라고…… 당신을 제대로 못 지켜드려 이렇게 만든 저 따위는 현실 세계에 버려 버리시고 그냥 이곳에서 편하게 사시면 돼지. 왜 저를 그렇게 힘들게 키우셨어요?"

트래퍼스는 싸늘한 주검이 되어 관 속에 누워 있는 어머니가 죽지 않은 것처럼 그녀에게 말했다.

하지만 그녀는 아들의 말에 대답해 줄 수가 없었다.

트래퍼스는 아무 대답도 하지 못하는 어머니를 보니 그녀의 죽음이 실감나는지 그녀의 이마에 자신의 이마를 대고 울었다.

"칫! 예전에 케이린 숲을 떠난 공주가 뭐가 그렇게 대단하다고 이렇게 큰 장례식을 열어주는 거야? 어떻게 보면 인간 따위와 사랑에 빠져서 동족을 버린 배신자잖아. 안 그래?"

피오란 공주는 자기 이외에 다른 공주를 위해 이런 성대한 장례식이 열린 것이 마음에 들지 않는지 어머니의 죽음을 슬퍼하고 있는 트래퍼스의 뒤에서 들으라는 듯 말했다.

"그 입 다물어라……"

트래퍼스는 어머니의 싸늘한 두 볼에 떨어진 뜨거운 눈물을 닦아주고 일어서 피오란 공주를 노려보며 말했다.

"뭐라고? 너 방금 뭐라고 했어?"

"그 입 닥치라 했다!"

"감히 인간 주제에!"

피오란 공주는 트래퍼스의 달라져도 너무 달라진 모습에 뒤로 주춤 물러서더니 손을 올렸다.

피오란 공주의 손이 올라감과 동시에 그녀의 두 호위 전사가 날린 화살이 트래퍼스에게로 날아왔다.

"로히시!"

트래퍼스는 일정 공간의 시간을 느리게 흘러가게 만들어 버리는 시간 재배치 브레스를 내질렀고 동시에 트래퍼스에게로 날아오던 화살은 느려진 시간 덕분에 거의 멈춰 서다 시피해서 거북이처럼 트래퍼스의 무릎을 향해 천천히 날아왔다.

트래퍼스는 느려진 화살 하나를 잡더니 느려진 공간에서 나와 곧바로 손에 쥔 화살을 피오란 공주의 호위 전사 중 한 명에게 던졌다.

슈우우우욱!

트래퍼스의 손을 떠난 화살은 활시위를 떠난 화살보다 더 빠르게 날아가 피오란 공주의 호위 전사의 무릎에 정확히 꽂혔다.

"으악!"

트래퍼스가 던진 화살에 무릎을 꿇게 된 호위 전사는 평소처럼 경멸과 조롱 섞인 눈으로 트래퍼스를 쳐다볼 수 없었다.

트래퍼스는 그래도 분이 풀리지 않는지 성큼성큼 다른 한 명의 호위 전사에게 다가갔는데 호위 전사는 트래퍼스가 다가오자 허리춤에서 칼을 꺼내 들었다.

"물러서라! 감히 인간 주제……."

퍽!

트래퍼스는 호위 전사가 말을 채 끝내기도 전에 주먹을 휘둘러 호위 전사의 얼굴을 가격했다.

퍽! 퍽! 퍽! 퍽!

트래퍼스는 쓰러진 호위 전사 위로 올라가 주먹을 계속 휘둘러 댔다.

정신을 채 차리기도 전에 트래퍼스의 주먹 세례를 받게 된 호위 전사의 입과 코에서 피가 흘러내리기 시작하더니 얼굴 곳곳이 점점 부어올랐다.

호위 전사는 반격을 하고 싶었지만 트래퍼스의 주먹이 얼마나 센지 한 번 맞을 때마다 정신이 잠깐씩 날아가는 통에 그 어떤 반격도 할 수가 없었다.

"이런 제길! 우리가 인간 따위에게!"

동료가 제대로 된 반격도 못해 보고 트래퍼스에게 맞고 있는 것을 보고 화가 난 무릎 꿇은 호위 전사는 무릎에 박힌 화살을 빼내 활에 매겨 트래퍼스의 목덜미를 향해 날렸다.

하지만 그 화살은 트래퍼스가 무의식 중에 발휘한 반사신경으로 피해 버려 오히려 트래퍼스의 분노만 더 키우는 꼴이 되어 버렸다.

"비겁한 놈!"

트래퍼스는 피떡이 되어 버린 호위 전사가 떨어트린 칼을 들고 성큼성큼 화살을 날린 호위 전사에게로 다가갔다.

"히이이익!"

트래퍼스의 분노 어린 눈빛에서 그 어디에서도 느껴 보지 못한 진한 살기를 느낀 호위 전사는 한쪽 무릎을 질질 끌며 도망쳤다.

"으악!"

한 발로 사력을 다해 도망치는 호위 전사에게 다가간 트래퍼스는 그의 성하지 않은 무릎을 발로 밟아 움직이지 못하게 했다.

"그만!"

트래퍼스가 칼을 높이 들려 할 때 뒤늦게 엘비스의 기사단장들과 미로나무 정원에 들어온 린 여왕이 그를 멈춰 세웠다.

"엘바트론! 지금 네 어머니의 장례식에서 이 무슨 행패야!"

린 여왕의 호통에 손에 든 칼을 잔디에 냅다 집어 던지고는 놀라 넘어져 토끼눈을 하고 있는 피오란 공주를 가르키며

"공주님께서 제 어머니를 배신자라 조롱했습니다! 어머니의 장례식에서 행패를 부린 것은 제가 아니라 바로 저 여자입니다! 당장 공주를 이곳에서 나가라 명하십시오! 그렇지 않으면!"

트래퍼스는 잔디에 깊게 꽂힌 칼을 다시 집어 들어 높게 치켜올렸다.

"내 어머니를 조롱한 공주의 명을 따른 이자들을 이 자리에서 죽이겠습니다!"

"피오란! 너 정말 내 동생을 배신자라 조롱했니?"

피오란 공주는 수많은 사람들 앞에서 한 말이라 차마 아니라고 거짓말을 하지 못했다.

"당장 사라져!"

린 여왕의 호통에 피오란 공주는 분한지 씩씩거리며 미로나무 정원을 나갔다.

트래퍼스는 그제야 칼을 거두었다.

"트래퍼스 괜찮나요? 농담이라도 하고 싶지만 농담으로 풀어질 기분이 아닐 것 같군요."

"어서 어머니께 마지막 인사를 해드려……."

"너무 많이 울지는 마. 보기 싫으니까……."

엘비스의 기사단장들은 트래퍼스의 곁으로 와 그를 위로해 주었다.

프란실 공주의 장례식은 다음 날 아침까지 계속되었고 트래퍼스는 한숨도 자지 않고 어머니의 곁을 지키다 관을 직접 들고 죽은 우드엘프들을 저승으로 인도한다는 할푼스 강으로 갔다.

그녀가 살아생전 좋아하던 꽃들로 장신된 배에 어머니를 실어 저승으로 흘려보냈다.

프란실 공주의 장례식이 있고 며칠 뒤 린푼드라를 제외한 모든 곳들이 유난스럽게도 조용한 케이린 숲으로 드래곤 슬레이어들이 나타났다.

그들은 케이린 숲의 주인들이 나타나든 말든 신경도 쓰지 않은 채 무언가를 열심히 찾았다.

드래곤 슬레이어들은 자신들이 수색한 지역을 표시하기 위해 지나간 자리를 모두 불태우며 수색을 진행했다.

드래곤 슬레이어들이 케이린 숲을 수색하면 할수록 숲은 검은 잿더미로 변해 갔다.

이런 소식은 금방 린푼드라의 린 여왕에게 전해졌고 린 여왕은 잿더미로 변해 가는 케이린 숲을 지키기 위해 최정예 부대를 구성해 검은 연기가 치솟는 곳으로 파견했다.

며칠 뒤 아주 귀해 보이는 투구로 얼굴을 가린 기사가 드래곤 슬레이어들의 악행을 막기 위해 파견된 우드 엘프 전사들의 소식을 기다리고 있는 린 여왕을 찾았다.

기사는 당당한 걸음으로 린 여왕의 앞까지 걸어와 무릎을 꿇었다.

"그대는 누구이기에 나의 허락 없이 나의 궁전에 들어올 수 있는 건가요?"

"앞으로 엘비스를 대신해 폰테인 기사단을 이끌 사령관 엘바트론이 여왕 폐하께 인사 올립니다."

트래퍼스…… 아니 엘바트론은 볼자카르를 벗어 용

기로 빛나는 파란 두 눈으로 린 여왕을 쳐다봤다.

"제가 그대를 위해 해줄 일이라도?"

린 여왕은 프란실 공주의 여리고 고운 심성을 닮은 얼굴에 엘비스의 불굴의 용기를 닮은 눈을 가지고 있는 엘바트론의 모습에 기쁘고 떨렸다.

"저를 검은 연기가 치솟는 전쟁터로 보내주십시오."

❖　　❖　　❖

용아족 섬을 찾은 용의 꿈안개 덕분에 하루가 멀다 하고 전투가 일어나 시체와 피가 즐비한 혼혈일족의 땅에 일주일간의 평화가 찾아왔다.

아니, 혼혈 전사들과 대치한 붉은 눈썹 전사들은 그렇게 믿고 있었다.

그 때문인지 붉은 눈썹 전사들의 야영지에는 듀알린을 내려놓고 마음 편히 쉬고 있는 전사들이 많이 보였다.

그들은 안개가 깔린 틈에 잡아들인 혼혈일족들을 제국으로 이송할 준비를 하고 있었다.

밤늦게 제국으로 떠날 20대의 마차에 혼혈일족 포로

들을 모두 실은 붉은 눈썹 전사들은 3명의 불침번을 제외하고 모두 다 막사로 들어가 깊은 잠에 빠져들었다.

지금 자는 잠이 영원한 잠인 줄도 모른 채 말이다.

용탄자는 혼혈 전사들과 함께 코 고는 소리가 들려오는 붉은 눈썹 전사들의 진영으로 발걸음 소리조차 내지 않고 조용히 다가갔다.

"일단 만약을 대비해서 나하고 하게둔, 달리온이 저 불침번 서는 놈들 근처에 가 있을 테니까 우리가 저놈들 가까이 다가가면 그때 궁수들 시켜서 화살을 날려라. 정확히 저놈들 입을 꿰뚫어야 되는 거 알제. 달루네?"

"응. 알아."

"좋아. 그럼……."

용탄자는 하게둔과 달리온을 보고 고개를 끄덕였고 그들은 용탄자와 함께 첫 번째로 죽음을 맞이할 붉은 눈썹 전사들에게로 다가갔다.

"화살 장전!"

용탄자와 하게둔, 달리온이 불침번들 근처까지 이르러 멈춰 흔들리는 수풀이 잠잠해졌을 때 달루네는 뒤에서 쪼그리고 앉아 활을 손에 든 궁수들에게 화살 장전을 명했다.

달루네의 명이 떨어지자 궁수들은 화살을 활에 빠르게 매겨 당기고 불침번들을 겨냥했다.

"정확히 저놈들 입속에 화살을 집어넣는 거야! 다른데 맞춰서 저놈들이 비명을 지르게 하면 이번 작전은 모두 물거품이 되는 거 잘 알지?"

"최대한 노력해 보겠습니다. 달루네 님."

"좋아! 발사!"

달루네의 발사 명령이 떨어짐과 동시에 궁수들의 화살은 육안으로는 식별하기 힘들정도의 빠른 속도로 날아갔다.

"억!"

하게둔이 주시하고 있는 불침번이 입속에 날아든 화살 때문에 나오지 않는 단말마의 억! 하는 소리와 함께 삼키며 손으로 화살을 빼내다 화살촉에 단단히 박힌 목뼈까지 같이 빼내는 바람에 머리가 뒤로 젖혀지며 쓰러졌다.

"으윽……."

달리온이 주시하고 있는 불침번은 입속에 화살이 날아들어 박혀 버리자 피를 토하며 부들부들 떨면서 화살을 씹어 대다 앞으로 그대로 쓰러져 죽었다.

"으악!"

용탄자가 주시하고 있는 불침번을 겨냥한 달루네의 궁수는 동료 궁수보다 실력이 떨어지는지 아니면 오늘따라 실수를 한 건지 그녀가 날린 화살은 불침번의 입속으로 들어간 것이 아니라 귀를 뚫고 땅에 깊숙이 박혀 버렸다.

"룽리윤! 너 똑바로 못해! 너 때문에 작전이 물거품이 되게 생겼잖아! 어서 다시 화살 날려!"

"죄송합니다!"

달루네는 실수를 한 궁수 룽리윤에게 화를 내며 어서 다시 화살을 쏘라 명했다.

룽리윤은 실수를 만회하기 위해 빠르게 다시 활시위를 당겨 귀에서 피가 흘러내리고 있는 불침번를 겨냥했다.

하지만 당긴 활시위를 놓으려는 순간 달루네가 그녀의 활을 아래로 내렸다.

용탄자가 먹이를 노리는 맹수처럼 달려들어 아직 살아 있는 불침번의 목을 움켜잡아 소리를 못 지르게 했던 것이다.

용탄자의 손아귀에 목을 잡히는 바람에 막사에서 자고 있는 동료들에게 소리를 지를 수 없게 된 불침번은 손을 뻗어 횃불 기둥에 세워 둔 듀알린을 잡았다.

하지만 용탄자가 목을 잡지 않은 나머지 한 손에 꼬나든 창지팡이를 휘둘러 듀알린을 잡은 팔을 잘라 버리는 바람에 불침번은 몸을 부르르 떨어야 했다.

"날 원망하지 마라."

용탄자는 팔이 잘리고 숨이 막혀 와 얼굴이 피사과처럼 시뻘게진 불침번에게 나직이 말하고는……

쿡!

아직 묻은 피가 채 식지도 않은 창지팡이의 창날을 불침번의 심장에 박아 넣어 버리고는 죽음의 소리도 내지 못하도록 목을 잡은 손아귀에 힘을 힘껏 주었다.

빠그닥.

손아귀에 힘을 얼마나 주었는지 목뼈가 바스라지는 섬뜩한 소리가 났다.

털썩!

용탄자는 죽은 불침번의 왼쪽 가슴에서 창날을 빼내고 시신을 수풀 속에 던져 버리고는 저 멀리 숨어 있는 혼혈 전사들에게 손짓했다.

"궁수들 훈련 좀 잘시켜야 되겠더라."

용탄자는 창지팡이를 등에 메며 다가온 달루네에게
말했다.

"미안해."

"미안할 거 없다. 내가 아주 멋지게 처리했으니까."

용탄자는 허리춤에 메어 둔 하얀 단검을 꺼내며 달루
네에게 괜찮다는 표현의 윙크를 날렸다.

"이제 바로 저놈들 막사로 쳐들어가서 죽이면 되는
거요, 왕자?"

"그냥 무대포로 밀고 들어가서 죽이면 저놈들이 깰
수가 있어요. 그러니까 소리 없이 들어가서 쥐도 새도
모르게 목젖을 잘라야 돼요. 그리고……."

"그리고?"

"왕자라는 말을 빼시구요."

"흥! 그건 내 마음이지."

"그리고……."

"그렇게 왕자라는 말이 듣기 싫소, 왕자?"

"그게 아니라. 저놈들의 막사에서 같이 자고 있을 드
래곤들을 모두 모아 주셨으면 해서요."

"적들의 드래곤들은 어디에 쓸려고? 아무리 붉은 눈

썹 놈들의 드래곤들이라지만 드래곤들을 포로로 잡아서 이용한다는 건 명예롭지 못한 일이야."

하게둔은 용탄자의 의도가 궁금해 물었다.

"지금 우리는 명예가 필요한 게 아니라 승리가 필요하죠. 지금은 시간이 없어요. 나중에 설명 드릴 테니까 일단 모아주세요."

"알았소. 왕자."

용탄자는 달리온의 대답을 듣고 그가 혼혈 전사들에게 명을 전하는 사이 하게둔을 쳐다봤다.

하게둔은 용탄자가 자신을 쳐다보며 의사를 묻자 알았다는 의미로 고개를 끄덕여 주었다.

쿨…… 쿨…….

붉은 눈썹 전사들은 용의 꿈안개가 자신들의 옆에서 자고 있는 드래곤들에게 선사한 달콤한 잠보다 훨씬 깊은 죽음이라는 영원한 잠을 자기들에게 선사해 줄 저승의 안개들의 허리춤에서 새하얀 단도가 단도집에서 나오는 소리를 듣지 못하고 코를 골며 단잠을 자고 있었다.

"발제뵈르!"

용탄자는 일전에 태풍 속으로 향하기 전 하게둔이 자

신에게 기도하듯 말한 단어가 생각나 말했다.

그 말에 새하얀 단도를 손에 든 모든 이들이 용탄자를 쳐다봤다.

"하게둔…… 이럴 때 쓰는 말 아니에요?"

용탄자는 모두의 시선이 자신에게로 쏠리자 하게둔의 옆구리를 쿡쿡 찔러 물었다.

"발제뵈르!"

하게둔은 대답 대신 발제뵈르라는 단어를 외치듯 속삭이며 용탄자의 어깨에 자신의 어깨를 부딪혔다.

"발제뵈르!"

달리온과 달루네를 포함한 모든 혼혈 전사들은 용탄자를 쳐다보며 발제뵈르!라 말했다.

그런데 용탄자는 발제뵈르라 외치며 자신을 향해 있는 그들의 눈빛이 조금 남달라 보여 고개를 갸우뚱거려야 했다.

"응?"

그렇게 용탄자를 향한 그들의 눈빛은 떠날 줄 몰랐다.

용탄자는 혼혈 전사들이 자신을 기분 나쁘게 쳐다보는 것 같아 그들을 노려봤는데 그런 용탄자의 옆구리를 하게둔이 쿡쿡 찔렀다.

"네 명을 기다리고 있는 거야. 이 멍청아."

"제 명을요? 아니, 제 명을 왜……."

"어서 내리기나 해!"

"흠! 흠!"

하게둔과 귓속말을 나눈 용탄자는 이렇게 많은 사람 앞에서 말하는 게 떨리는지 헛기침을 몇 번하더니

"고, 공격!"

더듬거리며 공격 명령을 내렸다.

혼혈 전사들은 어색한 공격 명령을 내리는 용탄자를 보고 피식 한 번씩 웃더니 곧바로 붉은 눈썹 전사들이 자고 있는 여러 막사로 흩어져 잠입했다.

"너 연습 좀 해야겠다."

달루네는 전사들을 지휘하는 것이 아직 서투른 용탄자가 귀여운지 미소 지었다.

용탄자는 달루네의 미소에 머리를 벅벅 긁더니 막사로 잠입해 들어갔다.

달루네는 여전사 몇을 데리고 용탄자를 따라 막사로 향했다.

"쿨…… 쿨……."

막사 안은 장작불 때문에 따뜻해 잠을 자기에는 아주 그만이었다.

붉은 눈썹 전사들은 그동안의 전투에서 많이 지쳤는지 코를 골며 자고 있었다.

용탄자는 침을 흘리며 자고 있는 붉은 눈썹 전사의 머리 맡에 자리를 잡았다.

뒤따라 들어온 달루네와 여전사들 역시 각자 자리를 잡았다.

그리고 그들은 용탄자를 쳐다보고 있었다.

용탄자는 그들에게 고개를 끄덕이더니 한 손으로 자고 있는 붉은 눈썹 전사의 입을 막음과 동시에 단도를 목에 박아 넣었다.

"우웁!"

자고 있는 와중에 용탄자에게 목이 잘린 붉은 눈썹 전사는 입이 아닌 잘린 목으로 피를 함박 쏟으며 비명 한 번 지르지 못하고 죽고 말았다.

"웁!"

"우우웁!"

용탄자가 소리없이 적을 처리하는 것을 본 달루네와 여전사들 역시 곧바로 자고 있는 붉은 눈썹 전사들의 목을 가차없이 잘라 냈다.

그들은 죽은 주인 옆에서 세상 모르고 자고 있는 드래곤들을 호주머니에 넣고는 다른 막사로 이동했다.

새벽에 습격을 감행한 혼혈 전사들의 호주머니에 희생자들의 드래곤들로 **빵빵**해졌을때 붉은 눈썹 전사들의 진영에 살아 있는 붉은 눈썹 전사들은 한 명도 남지 않게 되었다.

"이제 어서 마차에 갇힌 혼혈족들을 데리고 이곳을 벗어나는 게 좋겠다."

양손이 샛붉은 피로 붉은 하게둔이 용탄자의 곁으로 와 말했다.

"붉은 눈썹 녀석들 아주 피를 철철 흘리면서 죽어가더구만! 퉤!"

달리온은 입에 묻은 붉은 눈썹 전사의 피를 더러운 가래침 뱉어 내듯 뱉어 내며 단도를 단도집에 넣었다.

"후~ 이걸로 당분간은 쉴 수 있겠네요."

용탄자는 혹시 혹시 살아 있는 적이 있나 확인한 뒤에야 자리에 앉아 참았던 숨을 몰아쉬었다.

습격에 성공하여 적들의 목숨을 모조리 거둔 혼혈 전사들은 붉은 전사들의 막사들이 지어져 있는 곳에서 조

금 떨어진 길목에 세워져 있는 수십 대의 마차를 찾아
내 그 안에 갇혀 있는 혼혈족들을 구해 진영으로 돌아
왔다.

혼혈 전사들은 새벽까지 잠 한숨 안 자고 기다리다
습격을 감행한 터라 잡아온 드래곤들을 한데 모아두고
각자의 막사로 들어가 잠에 빠져들었다.

다음 날 늦은 오전에 눈을 뜬 용탄자는 밖에서 들려
오는 시끄러운 소리에 눈을 떠보니 데쓰무쓰를 깔고 누
워 있었다.

"엇!"

용탄자는 자신의 중요한 부위에 눌린 채 곤히 자고
있는 데쓰무쓰를 보자마자 날듯이 침대에서 일어났다.

"이 자식…… 엄청 잘 자네."

보통 때 같았으면 깔리자마자 난리를 쳤을 텐데 데쓰
무쓰는 용의 꿈안개에 취해 세상 모르고 자고 있었다.

용탄자는 깔고 잔 것이 미안해 이불을 덮어주고는 막
사를 나왔다.

"왕자께서는 잠이 엄청나게 많구만그래!"

밖으로 나와 보니 달리온과 혼혈 전사 몇몇이 잡아온
고래를 새하얀 단도로 해체하고 있었다.

"이 큰 고래를 어디서 잡아오셨어요?"

용탄자는 생전 처음 보는 고래 해체 작업을 신기하게 쳐다보며 물었다.

"어디긴 어디야? 바다에서 잡아왔지. 용아족의 땅이 바다에 떠 있는 거대한 섬이라는 거 벌써 잊었어?"

어느새 용탄자의 곁으로 온 달루네는 용탄자 옆에 쪼그리고 앉아 그와 함께 달리온이 해체하는 것을 구경하며 말했다.

"어떻게 잡은 거고?"

"배 타고 나가서 고래 잡는 작살포로 잡았지."

"니도 같이 갔다 온 거가?"

"응. 그냥 난 아빠가 고래 잡는 거 구경하러 따라갔다 왔어."

"나도 깨우지. 좋은 구경거리 하나 놓쳤네."

"깨우러 네 막사로 들어갔었는데 단잠을 자고 있길래 그냥 나왔어."

꼬르르르륵.

"배고프다. 어제 새벽 전투가 긴장되서 저녁도 제대로 못 먹었는데…… 뭐 먹을 거 없나?"

배에서 울리는 밥 달라는 소리에 용탄자는 주위를 두

리번거리며 먹을 것을 찾았다.

"이거……."

달루네는 용탄자가 자고 일어나서 배고파 할 줄 알았는지 들고 온 빵 한쪽을 건넸다.

"어. 땡큐."

달루네가 건네는 빵을 받아 든 용탄자는 게 눈 감추듯이 순식간에 빵을 먹어치우고는 다시 주변을 두리번거렸다.

"뭐 더 없나?"

"조금 참는 게 좋을걸?"

"왜?"

"오늘 저녁부터 어제의 승리를 축하하는 축제가 내일 저녁까지 열릴 거야."

"어제의 승리는 아주 작은 승리일 뿐이다. 곧 있으면 더 많은 붉은 눈썹 전사들이 올거다. 아마도."

"네 말대로 더 많은 붉은 눈썹 전사들이 이 땅을 다시 찾으면 지금처럼 같이 마시고 웃고 떠들 수 있는 시간은 아마 없을 거야. 그러니까 살아 있는 붉은 눈썹 전사들이 이 땅에 없는 지금 즐겨야 되는 거라구. 이 바보야."

달루네는 지난번 용탄자가 자기에게 그랬던 것처럼 머리를 마구 헝클어트렸다.

"야!"

"좀 이따 축제 때 봐."

달루네는 용탄자가 헝클어진 머리를 정리하는 틈에 일어나 용탄자를 향해 짓궂은 표정을 짓더니 혼혈일족 여인들이 모여 있는 곳으로 가 버렸다.

"작살포라…… 개조하면 아주 쓸만하겠는데?"

용탄자는 헝클어진 머리를 정리하다 한쪽에 놓여진 작살포를 보았다.

혼혈 전사 몇 명이 작살포를 배에서 분리해 진영으로 가져와 묻은 고래 피를 닦아 내고 있었다.

저녁 때가 되어 곳곳에 불이 밝혀졌을 때 장작불에 고래 고기가 구워지며 군침이 절로 도는 냄새를 풍겼다.

진영 곳곳에 피워진 장작불 위의 고래 고기가 모두 익었을쯤 혼혈족들은 장작불에 옹기종기 모여 앉아 고래 고기를 먹었다.

용탄자는 장작불 근처에 앉아 달리온이 건넨 고래고기가 담긴 접시를 받아 들었다.

"어때 맛있어?"

용탄자가 기가 막힌 고기맛에 눈을 번쩍 뜨고 열심히 고기를 먹고 있을 때 달루네가 그의 옆으로 와 앉아 물었다.

"엄청 맛있네!"

달루네는 웃으며 어느새 빈 접시가 된 용탄자의 접시에 고기를 덜어 주었다.

"땡큐."

용탄자는 배가 엄청 고팠는지 달루네가 접시를 채워 주면 금세 비워 버리고 채워 주면 또 비워 버리고를 몇 차례 반복했다.

"으어~ 배부르다."

고래고기 열 접시를 비운 용탄자는 더는 못 먹겠는지 접시를 내려놓고 만족스레 배를 문질렀다.

"자! 이제 고래술을 내와라!"

달리온은 장작불에 구운 고래고기가 뼈만 남자 큰소리로 소리쳤다.

혼혈족은 고래술이라는 말에 환호성을 질렀다.

달리온의 말에 혼혈족 여인들의 발걸음이 빨라졌는데 그녀들은 고래피로 빚은 술이 가득 든 고래 가죽 술병과 고래이빨로 만든 술잔을 곳곳에 나눠주었다.

"모두들 잔을 채워 높게 들어라!"

달리온은 고래이빨 술잔에 붉은 고래피술을 가득 채워 높게 들며 소리쳤다.

잠시 뒤 술을 담은 고래이빨 술잔 수천 개가 하늘 높이 오르자 달리온은 큰소리로 말했다.

"우리가 이곳에 온 뒤 처음으로 적들이 전멸했다! 이제 적들도 깨달았을 것이다! 우리들이 얼마나 무섭고 잔인한 놈들인지!"

"우! 우! 우! 우!"

달리온의 목소리에 혼혈족들은 흥분한 늑대 같은 울음소리를 냈다.

"그뿐인 줄 아나? 아신께서 우리들에게 승리의 미소를 지어 주고 계시다! 하늘에 계신 아신께서 혼혈족을 노예로 부리려는 붉은 눈썹 놈들에 대항하는 우리들을 위해 진정한 왕족의 대전사 하게둔과 예언의 주인이자 왕좌의 정당한 주인이신 용탄자 왕자를 보내주셨다!"

"우! 우! 우! 우!"

"내가 왜……."

용탄자는 달리온의 연설을 부인하려 했지만 달루네가

그의 입을 막았다.

"그냥 조용히 계시죠, 왕자님?"

"읍!"

"메켄타스 님께서는 빌어먹을 붉은 눈썹 놈들에게 쫓겨 이 땅을 떠나시며 이렇게 말씀하셨다! 살아남은 왕자의 아들이 최후의 왕자가 되어 현실 세계를 지나 용아족의 땅으로 오면 붉은 눈썹을 가진 자들의 붉은 피가 대지를 적시게 되리라고!"

달리온은 달루네 덕분에 고개를 좌우로 흔들며 침묵의 긍정을 하고 있는 용탄자를 가리키며

"용리얀 폐하의 손자이시자 용아린 왕자님의 아드님이신 용탄자 왕자님께서 우리와 함께하는 이상 더 이상의 패배는 없을 것이다! 용탄자 왕자님과 함께 전장으로 나아가 붉은 눈썹 놈들을 모조리 도륙 내고 왕좌를 되찾자!"

"우! 우! 우! 우! 우!"

달리온이 연설을 끝내고 잔을 입에 대려는데 하게둔이 일어나 혼혈족의 눈길을 받았다.

"이번 승리의 주역인 용탄자 왕자를 위하여!"

"위하여!"

축제의 첫잔을 높이 든 모든 혼혈족들이 왕자를 위해 그 잔을 비웠다.

"푸! 푸! 푸!"

달루네가 왕자를 위해 잔을 비우는 사이 또다시 뜻하지 않게 왕자가 된 용탄자는 입을 막은 그녀의 손을 떼어냈다.

"난 왕자가 아니라니까!"

"정말 하게둔 님 말씀처럼 넌 자기가 누군지도 모르는 애송이구나?"

"뭐라고?"

"넌 왕자가 맞아······."

"니가 그걸 어떻게 아는데?"

"너처럼 창지팡이를 잘 다루는 붉은 눈 일족 사람은 본 적이 없어······."

"우리 일족 중에 살아남은 사람이라고는 나하고 하게둔이 전부인데 나하고 하게둔 말고 다른 붉은 눈 일족 사람이 창지팡이를 다루는 걸 본 적이라고 있는 것처럼 말하네?"

"안 봐도 알아! 대전사님 하게둔 님보다 더 능숙하게 창지팡이를 다루는 모습을 보면 안다구!"

"어쨌든 저쨌든 나는 왕자가 아니다. 그리고 왕자 할 생각도 없고."

"지금까지 왕자로써 우리들을 잘 이끌어 놓고 왠 딴 소리야? 우리들의 백성이라고 말했던 잡혀간 혼혈족들을 구하기 위해 전통을 박살 내자고 우리 아버지를 설득한 건 용탄자 왕자 바로 너라구."

"그야…… 난 백성들이 노예 생활을 하게 놔두고 싶지 않아서……."

"그렇겠지. 너의 백성들을 위해서 말이야."

달루네는 용탄자의 말에 그를 보고 함박 웃음을 지었다.

"요놈에 입! 요놈에 입!"

용탄자는 자꾸만 멋대로 이상한 단어를 뱉어 내는 입을 짜증스레 때렸다.

"네가 왕자든 아니든 넌 우리에게 붉은 눈썹 전사들에게서 승리하는 법을 가르쳐 주었어. 우리들은 그런 너를 위해 기꺼이 목숨을 바칠 준비가 되어 있어."

달루네는 용탄자의 코앞까지 가 무릎을 꿇고 그가 들고 있는 빈 고래이빨 잔에 고래피술을 따라 주며 그의 모습을 자신의 붉은 눈동자에 채웠다.

"너희들은 나를 위해 목숨을 바치면 안 돼. 너희들의 자유와 삶을 위해서 나를 따르는 거야. 단순히 나를 위해서 너희들이 목숨을 내던지는 건 내가 허락할 수 없어."

"당신의 명이라면 무엇이든 따르겠습니다. 왕자님."

용탄자의 단호한 모습에 달루네는 설레임에 떨리는 손을 들키지 않으려 들고 있던 고래 가죽 술병을 내려놓고 고개 숙여 복숭아마냥 붉어진 얼굴도 숨기고 말했다.

"요놈에 입! 입! 진짜 바늘하고 실로 꿰매 버리든가 해야지. 또 무슨 소리를 하는 거고!"

용탄자는 자꾸만 제멋대로 무슨 말을 지껄이는 입을 찰싹! 때렸다.

"야! 달루네! 니 뭐하노! 어서 고개 안 드나? 친구끼리 무슨 당신의 명이라면 무엇이든 따르겠습니다고?"

"내가 언제부터 네 친구였니?!"

달루네는 자기를 친구라고 칭하는 용탄자의 말에 갑자기 버럭! 화를 내며 자리에서 일어났다.

"야! 어디 가노?"

용탄자는 갑자기 어디론가 급히 가는 달루네를 불렀

지만 그녀는 들리지 않는지 뒤도 돌아보지 않고 사라졌다.

맞은편에서 둘의 대화 내용 들으며 유심히 보고 있던 하게둔은 고개를 절레절레 흔들며 용탄자를 보며 이렇게 말했다.

"눈치 없는 놈……."

축제는 다음 날 저녁까지 계속되었고 혼혈족은 오랜만의 축제에 먹고 마시고 춤추고 노래 부르며 마음껏 축제를 즐겼다.

용탄자는 혹시 달루네에게 말실수를 했나 싶어 사람들을 속에서 달루네를 찾았지만 그녀는 보이지 않았다.

용탄자는 축제가 끝나고 며칠 뒤 달리온의 부름을 받고 들어간 지휘부 막사에서 달루네를 찾을 수 있었는데 그녀는 상당히 수척해져 있었다.

"잡아들인 혼혈족이 계속해서 제국에 도착하지 않자 제국의 왕 조라크가 정찰병을 파견해 이곳 사정을 알게 된 모양이오. 내가 제국에 심어놓은 첩자의 보고에 따르면 대규모 토벌대가 조직되고 있다고 하는데 그 토벌대를 이끄는 자가 바로 조라크의 아들 졸탄 왕자라고 하는군."

"졸탄 왕자는 붉은 눈썹 전사들 중 가장 강력한 전사로 알려져 있어요. 소문에 따르면 다른 붉은 눈썹 전사들이 조라크의 왕좌를 감히 욕심내지못하는 이유가 바로 졸탄 왕자의 듀알린이 무서워서라고 하더군요."

달루네는 수척해진 얼굴로 졸탄 왕자에 대해 설명했다.

"그렇게 귀한 아들을 전쟁터로 보내는 거라면 토벌대의 병력이 아주 정예병이라는 소리구만. 신속히 전쟁을 끝내고 다시 귀환할 수 있게 정예 중에도 정예를 뽑아 토벌대를 구성했을 거야. 전면전으로는 승산이 없어. 치고 빠지는 게릴라전을 펼쳐야 돼."

하게둔의 주장에 용탄자는 고개를 저었다.

"게릴라전을 펼친다고 해도 승산이 없어요. 목젖이 잘린 시체들을 보고 적들도 아마 우리들이 습격으로 이겼다는 걸 알고 있을 거예요. 이제 바보가 아닌 이상 적들도 습격에 철저하게 대비를 할 거라구요. 습격에 준비가 되어 있는 적을 상대한다면 습격당하는 쪽은 우리가 될 거예요."

"습격도 안 된다, 전면전은 더더욱 안 된다. 그럼 도대체 어떻게 하자는 거요, 왕자?"

답답한 마음에 언성이 높아져 던진 달리온의 질문에
용탄자의 입꼬리가 올라갔다.

"하게둔, 주인을 잃은 드래곤이 깨어나면 주로 어떤
증상을 보이나요?"

"일단 폴리모프 능력을 상실해서 본래의 크기로 돌아
가지. 그리고 드래곤 라이더가 날개를 움직여 주지 못
하는 통에 마지막 남은 힘이 다 할 때까지 자신의 드래
곤 라이더를 찾다가 죽음을 맞이하지."

하게둔은 용탄자가 드래곤스의 학생처럼 드래곤에 대
해 묻자 황당해하며 대답했다.

"그거면 충분합니다. 달리온, 혼혈족 사람들 중에 대
장장이들이 있나요?"

"당연히 있지. 그리고 배 만드는 녀석들, 작살포 만
드는 녀석들도 있고 말이야."

"대장장이들에게 일어서 드래곤들의 목에 채울 개목
줄을 만들라고 하세요. 길이는 대충 드래곤들이 낮게
날아올라 있을 수 있는 정도로 말이에요."

"아니, 드래곤들에게 개목줄을 채워서 어떡하려고 그
러시오? 뭐 우리 진영을 지키는 개로 쓸 거요?"

5. 왕자의 패배

린 여왕에게서 지금 린푼드라 앞에 폰테인 기사단의
사령관이 기다리고 있다는 이상한 말을 들은 브리스,
제이, 웬트람은 혹시나 엘비스 사령관이 다크 메인과의
전투에서 기적적으로 살아남아 돌아왔다 싶어 서둘러
린푼드라 밖으로 나가 보았는데 트래퍼스가 무장을 마
치고 그렁키에 기대 누군가를 기다리고 있었다.

"트래퍼스 군! 그렇게 멋지게 무장을 하고 도대체 어
디로 가려는 건가요?"

웬트람은 꼭 그리운 엘비스 사령관과 비슷한 분위기

가 물씬 풍기는 트래퍼스를 보니 엘비스 사령관을 다시 본 것처럼 기쁜지 들떠 물었다.

웬트람의 물음에 트래퍼스는 옆구리에 끼고 있던 볼자카르를 머리에 쓰며

"트래퍼스? 트래퍼스가 누굽니까?"

"그야 당연히……."

웬트람은 무슨 소리야 네가 트래퍼스잖아라고 말하려다 트래퍼스가 코앞까지 다가와 서자 말을 삼켰다.

트래퍼스는 못 보던 사이에 어깨가 엄청 넓어져 있었고 몸에서 사람을 끄는 매력적인 카리스마가 흘러나오고 있었다.

트래퍼스는 더 이상 용탄자가 옆에 없으면 아무것도 못하는 드래곤스의 울보 찌질이가 아니었다.

"트래퍼스는 아버지였던 어머니께서 숨을 거두었을 때 함께 죽었습니다. 지금 당신의 앞에 선 나는 엘비스 사령관과 프란실 공주의 아들 엘바트론일 뿐입니다."

"흥! 네 아버지와 겉모습이 닮았다는 이유로 우리가 너를 따를 거라 생각한다면 큰 오산이란다. 아가야."

브리스는 엘비스 사령관인 척하는 엘바트론이 마음에 들지 않는지 냉소를 날렸다.

"지금 당장 검은 연기가 치솟는 전장으로 달려가서 우드엘프 전사들을 지원하십시오."

엘바트론은 브리스의 냉소 따윈 무시해 버리고 명을 내렸다.

그리고는 그렁키의 등에 올라 이륙하며 명을 받고도 멍하니 서 있는 세 명에게 말했다.

"지금 내 명을 따르지 않는다면 당신들은 더 이상 폰테인 기사단의 기사단장일 수 없습니다. 사령관의 명을 무시하는 기사단장 따윈 필요없으니까요."

엘바트론은 그 말을 남기고 검은 연기가 치솟고 있는 케이린 숲의 어딘가로 향했다.

"이런이런! 우릴 사령관의 명을 거역한 불량한 기사단장들로 만들어 버리고 떠났군요!"

웬트람은 점점 멀어져 가는 엘바트론의 뒷모습에 장난스레 손 흔들며 말했다.

"꼭 엘비스 사령관을 보는 것 같네요. 엘비스 사령관도 저랬었죠. 기억 안 나나요, 브리스?"

"뭐가 말이죠?"

"나는 그 누구의 명도 따르지 않는 여기사다 마녀다 마법사다라고 박박 우기던 우리에게 나타나 아무렇지

않게 명을 내리고 사라진 엘비스의 모습이 딱 저랬잖아
요. 그런데 어느새 우리는 엘비스를 따르다 엘비스가
죽자 그를 그리워하고 있잖아요."

"제이. 아직까지 엘바트론을 믿지 말아요. 저놈이 엘
비스 사령관에게 물려받은 게 겉모습뿐일지 어떻게 알
아요?"

말은 그렇게 하지만 브리스가 가장 먼저 엘바트론 사
령관의 명을 따라 케이린 숲의 검은 연기가 치솟는 곳
중 한 곳으로 날아갔다.

"안 갈 것처럼 그러더니."

"그러게 말이죠! 하여튼, 겉과 속이 달라도 너무 다
르단 말씀이야. 여기서 퀴즈! 겉과 속이 다른 게 뭘까
아아아요!"

"시끄러워요!"

제이와 웬트람도 브리스를 따라 드래곤을 타고 이륙
했다.

"후우. 잘하고 있어. 잘하고 있는 거야."

검은 연기가 치솟고 있는 곳으로 날아가면서 엘바트
론은 감히 선생님들에게 명을 내리고 전장으로 가고 있
는 자신의 모습이 믿기지 않고 잘할 수 있을지 의심이

들어 잘해내고 있다 스스로를 위로했다.

"트래퍼스, 아니, 엘바트론 괜찮아? 너 떨고 있잖아."

"괜찮아. 이제 용탄자와 데쓰무쓰가 우리 옆에 없어도 우리끼리 잘 헤쳐 나가야 해. 마음 단단히 먹자구, 그렁키."

"그래. 난 너만 있으면 뭐든 할 수 있어."

"나도."

엘바트론과 그렁키는 용탄자와 데쓰무쓰 없이 전장으로 가고 있다는 것이 불안하고 떨리는지 전장으로 가는 내내 서로를 위로했다.

"으아아악!"

지금 엘바트론과 그렁키가 달려가고 있는 검은 연기가 하늘로 솟구치는 전장에서는 우드엘프 전사들이 필사적으로 드래곤 슬레이어들을 막아 내고 있었지만 역부족이었다.

우드엘프들의 비명 소리가 울려 퍼졌고 사방에서는 나무만 불에 타고 있는 것이 아니라 푸른 풀 대신 땅을 뒤덮은 전사들의 시신이 타고 있었다.

그뿐만이 아니었다.

드래곤 슬레이어들은 전사들을 움켜잡아 지팡이 보석을 겨누어 검은 화염을 피워 움켜잡은 우드엘프 전사들이 검은 화염에 휩싸여 고통 속에 죽어가는 것을 즐거이 지켜보았다.

"공격! 공격!"

우드엘프 전사들은 드래곤 슬레이어들의 잔혹함에 전우들이 불타고 있음에도 불구하고 두려움에 물러나지 않고 화살을 날리고 검을 휘둘렀다.

화살은 드래곤 슬레이어들의 몸을 꿰뚫지 못하고 튕겨 나올 뿐이었고 드래곤 슬레이어들을 향해 휘두른 검은 부러져 낙엽마냥 떨어졌지만 우드엘프들의 화살과 검은 계속해서 드래곤 슬레이어의 단단하고 검은 피부를 두드렸다.

"하하하!"

캐서린의 동생 두나린이 지휘하는 궁수 부대의 화살 세례를 받은 드래곤 슬레이어가 여섯 날개를 휘둘러 모조리 바닥에 떨어트려 버리고는 창지팡이를 휘둘러 검은 번개를 쉼없이 궁수 부대를 향해 날렸다.

"피해!"

두나린은 드래곤 슬레이어가 창지팡이를 휘두르는 모

습에 얼른 동료 궁수들에게 피하라 소리치며 옆으로 몸을 날렸다.

"으아아아아……."

미처 피하지 못한 궁수를 감전시켜 가루로 만들어 버린 검은 번개는 바로 옆에서 동료가 가루가 되는 끔찍한 광경에 두려움에 사로잡혀 멈칫거리는 또 다른 우드엘프 궁수를 감전시켜 가루로 만들어 버리고 다른 희생양에게로 이동하며 점점 커져 나갔다.

여섯 명의 우드엘프 궁수를 가루로 만들어 버린 다음 자신을 생성한 드래곤 슬레이어의 검은 손아귀로 돌아가 뭉쳐졌다.

드래곤 슬레이어는 궁수들을 먹어치우고 커진 검은 번개를 꿀꺽 삼키더니

"으라라라아아아아아~"

브레스를 뿜어내듯 문어 다리처럼 생긴 수십 개의 번개를 뱉어 내 두나린의 궁수 모두를 감전시켜 땅바닥에 쓰러져 부들부들 떨게 만들었다.

"으음~음! 으음……."

두나린의 궁수들을 모두 마비시킨 드래곤 슬레이어는 창지팡이의 창날이 아래로 향하게 꼬나들고는 콧노래를

흥얼거리며 자신이 뱉어 낸 번개에 마비되어 부들부들 떨고 있는 두나린의 궁수들 중 한 명에게 가까이 다가가더니

"크아아아아악!"

창날을 아주 서서히 심장에 찔어 넣으며 터져 나오는 비명 소리를 감상했다.

"조금 더 크게 내보라구! 하하하하하!"

"으아아아아아아아아악!"

사그라드는 비명 소리가 만족스럽지 못한지 드래곤 슬레이어는 심장에 완전히 박힌 창날을 비틀었다.

그러자 소름 돋는 고통의 비명 소리가 터져 나와 드래곤 슬레이어를 즐겁게 했다.

심장이 뒤틀려 엄청난 고통에 몸부림치던 우드엘프 궁수는 엄청난 양의 피를 쏟아 내며 끔찍한 몰골로 죽음을 맞이했다.

"자~ 그럼 또 누구를 죽여볼까?"

드래곤 슬레이어는 점점 식어 가는 시신의 뒤틀려진 심장에서 창날을 빼내고 감전과 두려움에 마비되어 부들부들 떨고 있는 두나린과 그녀의 궁수들을 둘러보며 다음 희생자를 골랐다.

"이번엔 너로 정했다. 크크크크."

드래곤 슬레이어는 두나린과 눈이 마주치자 웃으며 피가 뚝뚝 흘러내리는 창지팡이를 들고 그녀에게 다가갔다.

드래곤 슬레이어가 다시 한 번 창지팡이를 높이 들었을 때 두나린은 이제 죽었구나 싶어 눈을 질끈 감았는데 창날이 그녀의 심장에 닿기 전에 혜성처럼 날아든 그렁키에게 부딪쳐 나무 몇 그루를 박살 내며 날아가다 커다란 나무에 부딪쳐 멈췄다.

족히 10미터는 날아가 커다란 나무 덕분에 겨우 멈춰 선 드래곤 슬레이어는 머리를 한 번 흔들고는 바로 창지팡이를 들어 검은 번개를 뻗었는데 엘바트론은 두나린 바로 앞에서 드래곤 슬레이어를 날려 버리고 착륙한 그렁키에서 내리며 곧바로 날아온 검은 번개를 입으로 삼켰다가 드래곤 슬레이어를 향해 바로 뱉어 냈다.

번쩍!

"커헉!"

자기가 쏜 검은 번개에 복부를 제대로 강타당한 드래곤 슬레이어는 등을 대고 있는 커다란 나무와 함께 뒤로 쓰러졌다.

엘바트론은 멈추지 않고 달려 드래곤 슬레이어의 코 앞까지 다가갔다.

그리고 그가 일어서기 전에

"로히시!"

시간 재배치 브레스를 내질러 반경 10미터 안의 시간을 멈췄다.

드래곤 슬레이어는 물론 나무를 태우고 있는 불길조차 이글거림을 멈추고 정지해 있었다.

"크라아아아아아씨아!"

엘바트론은 어마어마한 마력을 소모하는 시간 재배치 브레스를 뿜는 것에서 멈추지 않고 힘의 브레스보다 한 단계 높은 크라시아를 뿜어냈는데, 엘바트론의 입에서 나온 무형의 힘은 얼마나 강력한지 거대한 바람 뭉치 같은 형체를 지니고 있었다.

크라시아는 총구에서 빠져나오기 직전의 총알처럼 드래곤 슬레이어의 코앞에서 멈춰 선 채 얼른 시간 재배치 브레스가 사라지기를 기다리고 있었다.

엘바트론은 거기서 끝내지 않고

"렌토르!"

윈드 소드 브레스를 힘의 브레스에 뿜었는데 엘바트

론의 입을 나온 칼날 바람은 힘의 브레스에 뭉쳐져 무시무시한 형태로 변했다.

"폰타스!"

엘바트론의 브레스는 아직 끝나지 않았다.

그는 공기마저도 얼어붙게 만드는 냉기를 뿜어 강력한 브레스 조합을 완성시켰다.

그리고 몇 걸음 물러서 시간과 함께 멈춰 버린 드래곤 슬레이어를 주시했다.

엘바트론이 뿜어낸 시간 재배치 브레스의 영역이 점점 줄어들면서 해방된 불들이 다시 나무를 태웠다.

점점 작아진 시간 재배치 브레스 영역은 곧 사라졌고

퍼버버버벙!

세 개가 뭉쳐져 만들어진 엄청난 브레스가 이때다 싶어 드래곤 슬레이어를 강타했다.

힘의 브레스의 힘을 고스란히 받아 엄청난 속도과 힘으로 날아든 칼날 바람은 드래곤 슬레이어의 단단한 검은 피부를 뚫고 들어가 어마어마한 냉기를 퍼트려 얼어붙게 만들었다.

"그래! 내 몸이 다시 움직이기 전까지 어디 한 번 멀리 도망쳐 봐라! 바로 따라잡아 줄 테니!"

몸이 얼어붙어 움직일 수 없게 된 드래곤 슬레이어는 붉은 눈으로 엘바트론을 부라리며 말했다.

하지만 엘바트론은 도망가기는 커녕 가까이 다가와 드래곤 슬레이어가 떨어트린 창지팡이를 들었다.

"도망쳐야 되는 건 너다!"

그리고는 창지팡이를 있는 힘껏 휘둘러 드래곤 슬레이어의 머리를 잘랐다.

그리고 한 번 더 휘둘러 목이 달아난 얼어붙은 몸을 부숴 버렸다.

엘바트론이 잘린 드래곤 슬레이어의 머리를 들고 그렁키에게로 돌아왔을 때 마비된 몸을 일으킬 수 있게 된 두나린과 그녀의 궁수들은 창지팡이를 멀찍이 던져 버리는 엘바트론의 곁으로 모여들었다.

"당신은 누구신가요?"

두나린은 볼자카르를 쓰고 있어 얼굴을 확인할 수 없는 엘바트론을 경계하며 물었다.

"여왕께서 지원군을 보내셨습니다."

"지원군들은 어디 있나요?"

엘바트론은 불타고 있는 숲 뒤편을 바라보며 두나린의 어깨를 잡았다.

"여기 있지요. 내가 하늘에서 지원할 테니 전사들에게 후퇴 명령을 내리세요."

"후퇴라니요! 우리들이 후퇴하면 저놈들은 더 많은 숲을 태우면서 점점 다가올 거라구요!"

"아둔한 용맹은 모두를 저승길로 내모는 독약입니다. 주변을 살펴보세요. 저들과 계속해서 싸우게 되면 희생자만 늘어날 뿐입니다."

"당신이 왔잖아요! 당신 손에 들고 있는 건 드래곤 슬레이어 머리 아닌가요?"

"저 역시 저들을 모두 상대하기에는 역부족입니다. 병력을 후퇴시키면 제가 저놈들 중 많은 수를 현실 세계로 날려 보낼 수 있어요. 많은 수를 현실 세계로 보내 버린 뒤에 소수를 상대해야 승산이 있습니다."

"알겠습니다."

"동료들에게 차원 브레스에 빨려 들어가지 않도록 나무 같은 걸 단단히 붙들고 있으라고 전하세요."

"네."

엘바트론은 두나린에게 고개를 끄덕여 주고는 곧바로 그렁키를 타고 하늘로 날아올라 드래곤 슬레이어들에게 힘의 브레스를 내질러 우드엘프 전사들과 떨어트려 놓았다.

"후퇴! 후퇴해!"

두나린은 하늘에서 날아든 힘의 브레스를 맞고 저 멀리 나동그라지는 드래곤 슬레이어들을 보며 동료들에게 퇴각을 알렸다.

"엘바트론! 우드엘프들이 모두 드래곤 슬레이어들에게서 떨어졌어!"

"좋아!"

엘바트론은 힘의 브레스를 맞고 쓰러진 드래곤 슬레이어들이 정신을 차리기 전에 얼른 숨을 들이마시고는 천천히 뱉어 내며 이상한 단어들을 속삭였는데 엘바트론이 중얼거리는 이상한 단어들은 바늘처럼 날카로운 초록색 연기가 되어 드래곤 슬레이어들이 쓰러져 있는 곳으로 흘러가 허공의 한 공간을 찌르기 시작했다.

엘바트론의 입에서 나온 수백 개의 초록색 바늘 연기에 찔린 공간이 점차 일그러지기 시작하더니 빨아들인 모든 것을 현실 세계의 사하라사막의 모래 속으로 보내 버리는 작은 초록빛의 블랙홀이 형성되어 드래곤 슬레이어들은 물론 타 버린 나무와 시체들까지도 빨아들이기 시작했다.

"내려가자!"

"오케이!"

초록빛 블랙홀이 주변의 것들을 세차게 빨아들이는 것을 확인한 엘바트론은 그렁키를 몰아 우드엘프들이 있는 곳으로 내려갔다.

"저 블랙홀은 대략 5분 정도 지속될 테니까 모두들 꽉 잡으세요!"

엘바트론은 땅으로 내려오자마자 그렁키를 폴리모프 시켜 품에 넣고는 나무를 꽉 잡고 블랙홀의 흡입력으로부터 저항했다.

우드엘프 전사들 역시 주변의 나무에 매미처럼 붙어 버티고 있었는데 블랙홀의 엄청난 흡입력으로부터 버티는 것은 쉬운 일이 아니었다.

"어! 어! 어! 으아아아아악!"

전투에서 힘을 많이 소진한 우드엘프 전사들 중 일부가 버티지 못하고 블랙홀 속으로 빨려 들어가 버렸다.

"어머! 어머! 어머! 어머!"

두나린 역시 좀 전에 드래곤 슬레이어에게서 맞은 번개 때문에 마비가 완전히 풀리지 않았던지 어머!를 연발하며 잡고 있는 나무에서 점점 떨어져 나갔다.

"살려주세요!"

블랙홀 속으로 날아갔다.

"잡았다!"

다행히 그녀 옆 나무를 붙들고 있던 엘바트론은 블랙홀로 빨려 들어가는 두나린에게 달려들어 한 손으로는 그녀의 허리를 또 다른 한 손으로는 창지팡이를 잡아 땅속에 깊게 박아 넣었다.

"고마워요. 죽는 줄 알았어요."

두나린은 자신의 허리를 잡은 엘바트론의 허리를 양손으로 꼭 붙들었다.

"조금만 버텨요!"

급작스럽게 생긴 블랙홀에 드래곤 슬레이어들은 속수무책으로 빨려 들어가 버렸고 몇몇만 겨우 날개를 땅속에 박아 넣어 버틸 수 있었다.

"으합!"

엘바트론은 블랙홀이 소멸되자마자 블랙홀을 버텨 낸 네 마리의 드래곤 슬레이어들 중 가장 가까운 곳에 있는 놈에게 돌격하여 손에 쥔 창지팡이를 휘둘러 땅에 박혀 있는 드래곤 슬레이어의 여섯 날개를 잘라 버렸다.

"으아아아악!"

여섯 날개가 잘리자 드래곤 슬레이어는 포효하듯 비명을 질렀다.

엘바트론은 날개 잘린 드래곤 슬레이어가 고통에 포효하며 비틀거리는 틈에 전력을 다해 창지팡이를 휘둘러 드래곤 슬레이어의 목을 쳤는데, 창지팡이는 전투로 인해 금이 가 있었는지 드래곤 슬레이어의 목을 다 베어 내지 못하고 깊은 상처만 남기고는 박살 나 버렸다.

"으억!"

목에 깊은 상처를 입은 드래곤 슬레이어는 아직 블랙홀의 여파에 정신을 차리지 못하는 동료에게 도움을 구하고자 도망치려 했지만 엘바트론이 성난 황소처럼 허리를 들이받는 바람에 앞으로 넘어지고 말았다.

"죽어라!"

드래곤 슬레이어를 넘어트린 엘바트론은 드래곤 슬레이어의 등에 올라타 양손으로 머리를 잡고 목에 난 깊은 상처의 반대쪽으로 힘껏 돌려 깊은 상처가 점점 더 커지게 만들었다.

"크어어어억!"

목이 점점 뜯겨지고 있는 드래곤 슬레이어는 사력을

다해 엘바트론에게서 벗어나고자 뭍에 올라온 물고기처럼 몸을 흔들었다.

"그렁키!"

드래곤 슬레이어의 몸을 제압하고 있는 것이 점점 힘에 부치는 엘바트론은 그렁키를 불렀다.

"오케이!"

그렁키는 서둘러 엘바트론의 품에서 나와 폴리모프를 해제하고 앞발로 드래곤 슬레이어가 더 이상 발버둥치지 못하도록 꽉 잡았다.

"으아아아아!"

엘바트론은 그렁키가 드래곤 슬레이어를 제압한 사이 양팔에 온 힘을 줘서 너덜너덜해진 목을 몸통에서 분리했다.

그리고 드래곤 슬레이어가 한 인간에게 죽음을 맞는 광경을 놀란 사슴 눈으로 쳐다보고 있는 우드엘프 전사들에게 드래곤 슬레이어의 머리를 들어 보이며

"숲의 전사들이여 보아라! 드래곤 슬레이어의 머리를 들고 있는 한 인간을 보란 말이다! 저들은 무적이 아니다! 그대들이 용기로 무장하고 덤벼든다면 여섯 날개의 괴물들은 비참한 최후를 맞을 것이다! 검과 활을

들어라!"

"우와아아아아아아아!"

엘바트론의 말 한 마디 한 마디가 뜨거운 브레스가
되어 전사들의 가슴을 뜨겁게 만들었다.

우드엘프 전사들은 엘바트론을 따라 정신을 차리고
땅에 박힌 여섯 날개를 다시 빼내는 세 마리의 드래곤
슬레이어에게 돌격했다.

"어서 화살을 날리세요! 제가 당신들의 화살에 힘을
실어드리겠습니다!"

그렁키를 타고 날아오른 엘바트론은 두나린에게 말했
고 두나린은 궁수들과 함께 서둘러 화살을 날렸다.

두나린과 궁수들이 활시위를 튕기자 엘바트론은 그렁
키의 날개를 온 힘을 다해 내저어 드래곤 슬레이어들에
게 날아가는 화살에 바람의 힘을 실어주었다.

"크흑!"

그렁키의 어마어마한 힘으로 일으킨 바람의 힘을 받
은 화살은 드래곤 슬레이어의 몸을 꿰뚫고 들어갔다.

좀 전과는 다른 화살 공격에 드래곤 슬레이어들은 마
법을 부리려 창지팡이를 휘두르려 했는데

"임프라도르!"

엘바트론이 그것을 허락하지 않았다.

엘바트론은 드래곤 슬레이어가 창지팡이를 휘두르려는 순간 무장해제 브레스를 내질러 드래곤 슬레이어의 검은 손아귀에서 창지팡이를 떨어트렸다.

"우드엘프 전사들이여! 드래곤 슬레이어들이 창지팡이를 다시 잡지 못하도록 하세요!"

엘바트론의 외침에 검을 휘두르는 전사들이 더욱더 맹렬하게 공격하며 드래곤 슬레이어들을 그들의 무기에서 멀어지게 만들었다.

"무라크!"

엘바트론은 그렁키의 날개를 계속해서 움직이며 궁수들의 화살에 힘을 실어주는 한편 염력 브레스로 땅에 떨어진 세 자루의 창지팡이를 당겨와 양손으로 잡았다.

그리고는 몸에 박힌 화살과 검이 낸 상처 따위는 아랑곳하지 않고 검은 두 손아귀로 맹렬히 싸우는 전사들의 목을 잡아 꺾어 버리고 있는 세 마리의 드래곤 슬레이어들 중 가장 사나운 놈을 겨냥해 손에 든 창지팡이를 있는 힘껏 던졌다.

엘바트론의 무식할 정도로 센 어깨 힘을 받아 무서운 속도로 날아간 창지팡이는 드래곤 슬레이어의 복부를 꿰뚫고 땅에 박혀 버렸다.

졸지에 자신이 쓰던 창지팡이에 몸이 꿰인 드래곤 슬레이어는 더 이상 우드엘프 전사들에게 저항하지 못하고 검 세례를 받았지만 목숨을 얼마나 질긴지 죽지 않고 여전히 발버둥을 치고 있었다.

"나도 탄자처럼 해볼까?"

엘바트론은 갑자기 드래곤의 등에서 마음대로 뛰어내리는 탄자가 떠올라 그렁키의 등에 발을 대고 일어서서 양손에 창지팡이 하나씩을 꼬나들었다.

"흐압!"

그리고 커다란 바퀴벌레처럼 창지팡이에 매달려 발버둥치고 있는 드래곤 슬레이어를 향해 뛰어내렸다.

엘바트론은 발버둥 치는 드래곤 슬레이어의 머리 위에 떨어지며 오른손에 든 창지팡이를 휘둘러 머리를 잘라 사지가 축 늘어지게 만들어 버리고는 왼손에 든 창지팡이를 도움닫기를 하여 온 힘을 다해 던졌다.

엘바트론의 손을 떠난 창지팡이는 나머지 두 마리의 드래곤 슬레이어를 꿰어 버리고 그들과 함께 타나만 커다란 나무에 박혀 버렸다.

"으아아악!"

창지팡이에 꿰여 벽에 걸린 액자마냥 나무에 걸린 두 마리의 드래곤 슬레이어들 중 앞에 있는 놈이 괴성을 지르며 주먹을 휘둘러 창지팡이를 두 동강 내 버리고는 몸을 뚫어 버린 창지팡이를 빼내 땅으로 내려왔다.

덕분에 아직 나무에 매달려 있는 동료에게로 뒤이어 날아온 창지팡이를 피할 수 있었다.

부러진 창지팡이와 함께 타다만 나무에 아직 매달려 있던 드래곤 슬레이어는 또다시 날아온 창지팡이에 다시 한 번 몸이 꿰뚫리는 바람에 옴짝달싹할 수가 없게 되었다.

"후······ 후······ 후······."

겨우겨우 나무에서 내려온 드래곤 슬레이어가 거칠게 숨을 내뱉는 사이 그렁키의 날개짓 덕분에 소름 돋는 바람 소리를 내며 날아든 수십 개의 화살이 창지팡이 두 자루에 몸이 꿰어 나무에 매달려 있는 드래곤 슬레이어의 몸에 박혔다.

수십 개의 화살이 몸에 박히자 아무리 강하다고 한들 고통스러운지 고슴도치가 되어 버린 드래곤 슬레이어는 복부와 왼쪽 무릎에 단단히 박힌 창지팡이 두 자루를 빼내려 했지만 다시 굉음 소리와 함께 날아든 수십 개

의 화살 세례에 허리가 반으로 접혀 ㄱ자가 되어 죽었
다.

마지막 남은 배에 창지팡이 봉 두께 만한 구멍이 난
드래곤 슬레이어는 아직까지는 힘이 있는지 일제히 검
은 내려치는 전사들에게 달려들었지만 그렁키의 앞발에
붙잡혀 버렸다.

"우적! 우적! 우적!"

붙잡은 드래곤 슬레이어의 몸에 힘이 많이 빠진 덕분
에 수월하게 가슴 위쪽을 덥썩물어 뜯어 낸 그렁키는
드래곤 슬레이어의 뜯겨진 머리와 어깨, 팔을 씹었다.

"퉤!"

하지만 맛이 별루인지 씹다 뱉어 버리고는 손에 들린
드래곤 슬레이어의 남은 부위에 쓰레기 버리듯 땅바닥
에 집어 던져 버렸다.

"맛없어! 데쓰무쓰는 저렇게 맛없는 놈들의 피를 어
떻게 마시나 몰라."

그렁키는 다시 폴리모프해서 엘바트론의 어깨에 내려
앉았다.

엘바트론은 전투가 끝나고 많이 지치는지 바닥에 털
썩 주저앉아 볼자카르를 벗었다.

"후아~"

답답한 투구를 벗으니 이제야 살 것 같아 숨을 크게 내쉬었다가 다시 들이마셨는데 시체와 나무가 타들어 가며 내뿜는 매케한 연기가 입안으로 들어와 얼굴을 찡그려야 했다.

"저는 그 투구에 감추고 있는 얼굴이 아주 무섭게 생긴 전사인 줄 알았는데 아니군요."

엘바트론은 잠시 볼자카르를 옆에 내려놓고 머리를 세차게 흔들어 머리카락에 송글송글 맺힌 땀방울을 털어 내고 있었는데 두나린이 곁으로 와 악수를 청했다.

"두나린이라고 해요."

엘바트론은 두나린의 손을 잡아 악수를 하며 이름을 밝혔다.

"엘바트론이라고 합니다."

"덕분에 승리할 수 있었어요."

두나린은 고개 숙여 엘바트론에게 인사하다 발 아래 처참한 몰골로 쓰러져 있는 동료 시신에 무겁게 고개를 들어 씁쓸히 웃으며

"물론 대가가 따랐지만요."

두나린의 말에 엘바트론은 그녀를 쳐다보며

"고작 드래곤 슬레이어 넷을 죽이고 살아남은 것을 승리라고 할 수 있을까요? 우리들은 승리한 게 아니라 겨우 위기를 벗어났을 뿐이에요."

"우리를 살려준 당신이 그렇다고 하니 뭐 그런 거겠죠. 다시 드래곤 슬레이어들이 몰려올 것을 대비해서 이 근처에 진지를 구축해야 되겠어요."

"그건 자살행위요. 어서 살아남은 전사들을 린푼드라로 귀환시켜 치료받게 하세요."

엘바트론은 두나린의 긴 생머리를 들춰 고막이 터져 피가 흘러나오고 있는 뾰족귀와 볼에 난 상처를 살폈다.

"당신도 치료가 필요해 보이네요. 저들하고 같이 가세요."

"당신은요?"

"저는 다른 곳으로 가서 학살당하고 있을 전사들을 구하러 가야겠어요. 기사단장들을 보냈지만 드래곤 슬레이어와 직접 부딪쳐 보니 안심이 안 되네요."

엘바트론은 호흡을 가다듬고는 볼자카르를 다시 쓰고 그렁키의 등에 올랐다.

두나린은 엘바트론을 따라 그렁키의 등에 올라 그의

뒤에 앉으며 여기저기 쓰러져 휴식을 취하고 있는 동료들에게 소리쳤다.

"다들 린푼드라로 귀환해서 이곳의 사정을 여왕 폐하께 알리시고 부상을 치료하세요."

"두나린…… 같이 가지 않고 왜?"

"어서 가요!"

두나린은 엘바트론의 허리를 꽉 잡으며 소리쳤다.

❖   ❖   ❖

한편 현실 세계의 사하라 사막으로 빨려 들어가 버린 동료들의 사정을 모른 채 케이린 숲을 수색하던 문디람은 드디어 찾던 것을 찾았다.

"그린포트 마을에서 만났을 때보다 더 끔직해졌구만……."

문디람은 배가 찢어져 있는 식인 드래곤 주변을 돌면서 용탄자와 트래퍼스가 입힌 상처들을 둘러보았다.

식인 드래곤은 배에 축적해 두었던 시체 폭탄이 한꺼번에 터지는 바람에 그린포트에서 멀리 떨어진 이곳까지 날아와 약하게나마 끈질기게 숨을 몰아쉬고 있었다.

"너는…… 너는…… 누구……야……?"

식인 드래곤은 예민한 귀에서 들려오는 발소리에 아주 힘겹게 입을 움직여 물었다.

"벌써 내 목소리를 잊어버린 건가? 나야 나. 그린포트 지하실에서 너를 예뻐해 줬던 드래곤 슬레이어라구. 약속을 지키러 왔다."

"약속?"

"일전에 내가 말하지 않았나? 드래곤 슬레이어의 종이 된다면 인육으로 잔치를 벌이게 해주겠다고."

"정말? 나…… 배가 무지 고파. 내 입속으로…… 들어가…… 보지……않을래?"

"제안은 고맙지만 사양하도록 하지."

'주인님. 식인 드래곤을 찾았습니다.'

문디람은 현실 세계 파리에 있는 다크 메인에게 연락을 취했다.

에펠탑의 정상에서 불바다가 된 파리를 감상하고 있던 다크 메인은 귓가에 들리는 문디람의 말에

'상태가 어떤가?'

식인 드래곤의 상태를 물었다.

'배가 찢어져 있고 곳곳에 상처가 너무 많습니다. 제

가 보기에는 죽기 일보직전이라 우리들이 준비해 둔 픽시드 정부 놈들의 시신을 먹지도 못할 것 같습니다.'

'고블린 기술자들이 베르사유 궁전을 개조해 로봇개조공장으로 만들어놓고 기다리고 있다. 식인 드래곤을 베르사유 궁전으로 이동시켜라.'

'네, 알겠습니다.'

다크 메인의 다음 명을 받은 문디람은 베르사유 궁전으로 가는 포탈을 열고 식인 드래곤을 들어 포탈 안으로 던졌다.

"여어~ 드디어 일거리가 오는구만!"

로봇개조공장으로 개조된 베르사유 궁전의 외관을 물감 스프레이를 이용해 그래비티로 꾸미고 있던 고블린들은 포탈을 넘어온 식인 드래곤이 베르샤유궁전 앞에 쿵! 하고 떨어지자 휘파람을 불며 일거리를 반겼다.

"이놈이 다크 메인 님께서 말씀하셨던 식인 드래곤입니까요?"

고블린들은 식인 드래곤을 안으로 들고 가기 위해 짐꾼 로봇 몇 대를 끌고 식인 드래곤 앞에 서 있는 문디람에게로 왔다.

"어서 작업을 시작해라."

"분부대로 합지요!"

문디람의 명령에 고블린들은 로봇을 조종해 식인 드래곤을 번쩍 들더니 베르사유 궁전 안으로 들어갔다.

"역시 고블린들이야. 현실 세계의 문화재를 아주 제대로 망쳐 놓았군."

짐꾼 로봇을 따라 베르사유 궁전 안으로 들어온 문디람은 무언가를 망쳐 놓는 데는 선수인 고블린의 능력에 고개를 절레절레 흔들었다.

천장에 걸려 있던 아름다운 샹들리에는 궁전 곳곳에 전시되어 있던 여러 물품들과 함께 버려졌고 대신 고블린 기계와 설비들이 자리를 채웠다.

그뿐만이 아니었다.

벽화와 아름다운 벽지들 역시 요란한 그래비티에 가려져 관광객들에게 고고한 아름다움을 뿜어내던 베르사유 궁전은 오직 고블린들의 마음에만 드는 기계궁전으로 바뀌어 있었다.

"먼 길 오느라 얼마나 고생하셨습니까요!"

기계궁전을 책임지는 공장장 고블린이 문디람에게 뛰어와 인사했다.

"궁전을 아주 그럴싸하게 바꿔 놓았구만."

"감사합니다요! 용케도 식인 드래곤을 찾아 데려오셨네욧!"

"어서 주인님께서 지시하신 작업에 착수해라."

문디람은 공장장 고블린과 더 이상 말을 섞기 싫은지 데려온 죽어가는 식인 드래곤을 보며 지시를 내렸다.

"분부대로 합지요!"

공장장 고블린은 서둘러 문디람의 곁을 떠나 짐꾼 로봇에 탑승하더니 다른 로봇들과 함께 식인 드래곤을 문어발처럼 생긴 기계팔들 수십 개가 붙어 있는 작업소로 끌고 갔다.

❖　　❖　　❖

동족 전사들을 용의 꿈안개가 깔린 틈에 급습하여 전멸을 시킨 비열한 혼혈족을 모두 잡아들이기 위해 졸탄 왕자는 용의 꿈안개가 그치자마자 허물을 벗고 깨어난 자신의 드래곤의 등에 올라 대군을 이끌고 제국을 떠나 혼혈족이 지키는 아직 제국에 귀속되지 않은 땅으로 날아왔다.

제국을 떠나 날아온 지 이틀째 되는 날 늦은 저녁,

용아족 땅의 옛모습을 간직하고 있는 혼혈족의 땅이 보였다.

졸탄 왕자는 지체하지 않고 대군을 이끌고 혼혈족의 땅으로 들어갔다.

"왕자! 졸탄 왕자의 군대가 들어왔소!"

혼혈 전사들과 숲속에 매복하여 하늘을 살피던 달리온은 하늘에서 졸탄 왕자의 대군이 나타나자 얼른 용탄자의 곁으로 와 하늘을 가리키며 말했다.

"저도 보고 있어요!"

용탄자는 혹시나 들킬까 달리온의 하늘을 가리키고 있는 손을 내리며 말했다.

"묶어 놓은 드래곤들을 모두 하늘로 날아오르게 하세요! 어서요!"

혼혈 전사들이 매복해 있는 숲에는 나뭇잎과 나뭇가지로 덮어 놓은 구덩이들이 여기저기에 널려 있었는데 용탄자의 말에 달리온은 혼혈 전사들을 시켜 구덩이들을 열었다.

구덩이 안에는 강철 목줄로 목이 매인 드래곤들이 목줄을 갑갑해하는 개처럼 목을 마구마구 흔들며 강철 목줄을 끊어 내려 하고 있었다.

강철 목줄에 연결된 쇠사슬은 무쇠 도르래에 감겨 주
인 잃은 드래곤들이 하늘로 날아오르지 못하게 막고 있
었는데 도르래 옆에는 혼혈 전사가 지키고 있었다.

그들은 구덩이 위에서 동료가 신호를 보내자 도르래
를 풀었다.

도르래에 감긴 쇠사슬이 풀리자 구덩이 속에 갇혀 있
던 드래곤들은 잃어버린 주인을 찾아 하늘로 날아올랐
다.

하지만 주인과 함께 날개를 움직일 수 없어 높이는
날아오를 수 없었고 더욱이 목에 채워진 목줄 때문에
멀리 갈 수 없어 제자리를 맴돌았다.

수백 개의 구덩이에서 나온 드래곤들이 낮게 날아오
르자 용탄자는 달리온에게 다음 명을 내렸다.

"용작살포를 장전하세요!"

달리온은 용탄자에게 고개를 끄덕이더니 곳곳에 배치
된 용작살포를 담당하는 혼혈 전사들에게 장전 명령을
내렸다.

바다의 고래를 잡는 작살포를 개량하여 만든 하늘의
드래곤을 잡는 용작살포는 연사 장치가 달려 기관총처
럼 연사가 가능한 무시무시한 무기로 탈바꿈해 있었다.

용작살포를 담당하는 혼혈 전사들은 달리온의 명령에 성인 남자보다 더 큰 작살이 기다랗게 연결된 용작살포용 탄창을 장착하여 하늘을 겨냥하고 발포 명령이 떨어지기를 기다렸다.

"하하하! 더러운 핏줄을 가진 놈들이 배포는 조금 있구나!"

졸탄 왕자는 용탄자가 용의 꿈안개가 깔린 새벽 감행한 습격 때 잡아들인 붉은 눈썹 전사들의 드래곤들을 미끼로 쓰고 있는 줄도 모르고 혼혈족으로 오해한 졸탄 왕자는 붉은 눈썹 전사 군대를 맞이하러 나온 혼혈 전사들의 배짱에 웃었다.

"제국의 노예가 될 처자식들은 잘 숨겨 두고 나온 거냐? 모두들 우리의 동족을 비겁한 수로 죽인 저놈들을 죽여라!"

졸탄 왕자는 양 허리에 하나씩 걸려 있는 검집에서 두 자루의 검을 꺼내 하나로 붙여 듀알린을 만들어 한 손에 들고서 자신의 드래곤을 몰아 숲 위를 낮게 날고 있는 드래곤 무리로 향했다.

그 뒤를 붉은 눈썹 전사들이 따랐다.

졸탄 왕자와 그의 전사들은 숲 위를 날고 있는 드래

곤들이 누구의 것인 줄도 모른 채 공격을 감행해 얽히고설켰다.

"발사! 발사!"

용탄자는 더 이상 숨을 필요가 없어 일어서서 큰 소리로 혼혈 전사들에게 발포 명령을 내렸다.

콰강! 콰강! 콰강! 콰강!

보통 화살의 수십 배의 크기에 달하는 용작살이 쉼없이 발사되었다.

발사된 작살은 하늘에 있는 모든 드래곤들을 무차별 공격했는데 작살에 당한 드래곤들은 피를 토하며 추락하여 몸에 박힌 작살을 빼내려 했다.

그러나 상어 이빨을 작살대 곳곳에 붙여 만든 용작살은 드래곤의 몸에 파고들어 감과 동시에 고정되어 빠지지 않았다.

오히려 빼내려고 하면 할수록 용작살은 상처를 더욱더 키우며 출혈을 유발해 숲에 떨어진 드래곤들은 작살을 빼내려다 과다 출혈로 숨을 거두었다.

"이런 교활한 놈들!"

졸탄 왕자는 공격을 감행한 드래곤들의 등에 드래곤라이더가 없고 목에 목줄이 채워져 있는 것을 보고는 함정에 빠졌다는 것을 알게 되었다.

"목줄을 달고 있는 드래곤들을 작살받이로 써라!"

졸탄 왕자는 자신의 드래곤과 전사들에게 큰 소리로
알렸다.

졸탄 왕자의 드래곤은 서둘러 용작살을 피하며 근처
에 보이는 목줄을 맨 드래곤에게로 가 양 날개를 앞발
로 움켜쥐고 뒤로 숨어 작살 세례를 피했다.

용작살을 아슬아슬하게 피하며 아직까지 생존해 있는
적은 수의 붉은 눈썹 전사들은 왕자를 따라 목줄을 맨
드래곤을 작살받이로 이용해 공격이 그치기를 기다렸
다.

철컥! 철컥! 철컥! 철컥!

무수히 많은 붉은 눈썹 전사들과 그들의 드래곤들을
죽여 숲으로 떨군 용작살포는 탄창을 모두 소모해 더
이상 하늘로 발사하지 못했다.

"모두들 드래곤의 등에 올라라!"

용탄자는 창지팡이를 꼬나들고 데쓰무쓰의 등에 올라
혼혈 전사들에게 소리쳤다.

"크아아아아아아~"

혼혈 전사들도 용탄자의 명에 각자의 드래곤에 올라

작살받이로 쓴 드래곤들을 숲으로 내던지며 혼혈 전사들을 찾고 있는 붉은 눈썹 전사들에게 당당히 포효하며 자신들을 알렸다.

"모두 죽여라!"

숲에서 날아오를 준비를 하고 있는 있는 혼혈 전사들을 본 졸탄 왕자는 그들에게 검기를 발산하며 소리쳤다.

"한 놈도 살려 보내지 마라!"

졸탄 왕자가 날린 검기를 본 용탄자는 창지팡이를 휘둘러 검은 마력 광선을 뿜어 검기를 증발시켜 버리고는 혼혈 전사들에게 소리쳤다.

각 일족의 전사들을 이끄는 두 왕자의 외침에 두 일족의 전사들은 서로에게 달려들어 하늘에서 뒤엉켜 전투를 벌였다.

용탄자의 명에 하늘로 날아오른 달리온은 자신에게 겁없이 달려드는 붉은 눈썹 전사가 날리는 검기를 방패로 쳐 내고 곧바로 날이 솟은 방패를 날렸다.

챙!

붉은 눈썹 전사는 운석처럼 날아든 방패를 듀알린으로 쳐 내고 검기를 날리려 했는데,

쿵!

달리온이 드래곤을 몰아 붉은 눈썹 전사의 드래곤을 그대로 받아 버리는 바람에 자세가 흐트러져 검기를 발산할 수 없었다.

달리온은 일어서서 다시 돌아온 방패를 받으며 자신의 드래곤의 등을 타고 올라가 적 드래곤의 이마에 올랐다.

"흐압!"

동시에 날이 선 방패를 드래곤의 이마에 박아 넣었다.

'끄으으으윽!'

뇌가 잘린 드래곤은 비명을 질렀는데 달리온은 그 비명 소리가 터져 나오기도 전에 방패날을 드래곤의 이마에서 빼 자세를 가다듬는 붉은 눈썹 전사를 향해 휘둘렀다.

달리온의 방패날을 막으려 했으나 자세한 불안정한 상태라 제대로 방어하지 못하고 머리를 내주고 말았다.

"하하하!"

달리온은 머리가 두 개로 분리되어 아래로 추락하는 적을 보고 웃다 죽은 드래곤을 타고 넘어와 자신의 드

래곤에 다시 앉아 저 앞에 보이는 적을 향해 돌진하려
했다.

"으아아아악!"

하지만 아직 살아 있는 적을 향해 돌진하기 전에 동
료의 죽음을 본 붉은 눈썹 전사에게 뒤를 잡힌 달리온
은 괴성 소리에 뒤를 돌아보았는데 그가 날린 검기가
코앞까지 와 있었다.

미쳐 피하기도 어려울 만큼 말이다.

"이런!"

달리온은 코앞까지 다가온 무시무시한 검기를 속수무
책으로 바라볼 수밖에 없었는데 다행히 검기는 하게둔
이 날린 검은 번개에 흩어져 버렸다.

"죽어라!"

달리온이 안도의 한숨을 내쉬는 사이 붉은 눈썹 전사
는 자신의 검기를 흩어지게 만든 하게둔에게 검기를 날
렸는데 어찌 된 일인지 하게둔은 피하지도 않고 검기가
날아오는 것을 바라만 보고 있었다.

"하게둔! 죽기로 마음먹은 거냐?"

달리온이 소리쳤지만 하게둔은 여전히 석상처럼 제자
리를 날며 날아오는 검기를 바라만 봤다.

"흐압!"

그리고 검기가 바로 코앞까지 왔을 때 창지팡이를 현란하게 휘둘러 검기를 받아 내 왔던 곳으로 되돌아가게 만들었다.

그뿐만이 아니었다.

하게둔은 검기를 창지팡이로 받아 내는 그 짧은 순간에 검기에 검은 마력을 주입시켜 훨씬 더 빠르고 강하게 되돌아가게 만들었다.

"안 돼!"

하게둔에게 검기를 날린 붉은 눈썹 전사는 자기가 날린 것보다 훨씬 더 빠르고 강력하게 날아온 검기에 소스라치게 놀라 비명을 질렀지만 그 비명은 드래곤과 함께 몸이 두 동강이 나 버리는 바람에 오래가지 못했다.

"크하하하하! 역시 왕족의 대전사답구만!"

달리온은 하게둔의 타의 추종을 불허하는 전쟁 기술에 웃음밖에 나오지 않았다.

"자네는 혼혈 전사들을 이끄는 수장답지가 않아. 저런 애송이에게 뒤를 잡혀 죽음의 문턱을 넘을 뻔한 걸 보면 말이야."

"하! 날 한 번 구해줬다고 해서 너무 우쭐하진 말라

구, 이 친구야! 내가 얼마나 무서운 전사인지 지금부터
보여주지!"

달리온은 하게둔의 말에 얼굴이 붉으락푸르락해져서
는 곧장 적에게로 돌진했다.

전투는 용작살 공격에서 살아남은 정예 중에서도 정
예인 수백의 붉은 눈썹 전사들과 어린 전사들까지 전투
에 참가한 수천의 혼혈 전사들의 싸움이었다.

전투의 초반은 수에서 압도적으로 우세한 혼혈 전사
들의 맹렬한 공세가 이어졌다.

하지만 그 공세는 곧 꺾이고 말았는데, 최정예 붉은
눈썹 전사들은 맹렬히 달려드는 혼혈 전사들을 검기로
두 동강 내 버렸고 검기에 잘린 혼혈 전사들과 그들의
드래곤이 비 오듯 숲으로 떨어져 내렸다.

시체비가 내리는 구름과 같은 하늘의 전장에서 단연
돋보이는 붉은 눈썹 전사는 졸탄 왕자였다.

"어서 오라!"

졸탄 왕자가 발산하는 검기는 다른 붉은 눈썹 전사보
다 강력했는데 졸탄 왕자가 듀알린을 한 번 휘두를 때
마다 검기에 잘린 시체들이 벚꽃잎처럼 아래로 떨어졌
다.

"싸워라!"

동료들이 검기에 잘려 아래로 추락하는 절망적인 상황에서 조금씩 겁을 먹고 위축되어 가는 혼혈 전사들을 독려하며 붉은 눈썹 전사들을 학살하고 있는 자가 있었는데, 바로 창지팡이를 꼬나들고 전장을 종횡무진 누비는 용탄자였다.

"으라아아아~"

용탄자는 데쓰무쓰의 등에서 뛰어내려 바로 밑에서 듀알린을 휘두르는 붉은 눈썹 전사의 정수리에 창날을 박아 넣었다.

드래곤 라이더가 즉사하는 바람에 날개를 자유로이 움직일 수 없게 된 드래곤은 점점 추락했다.

합체술 덕분에 용탄자와 일정 거리를 떨어져도 날개를 움직일 수 있게 된 데쓰무쓰가 적 드래곤의 등을 덥쳐 그 위에 올라 있던 용탄자를 앞발로 잡아 얼른 자신의 등에 올린 후 드래곤의 양 날개를 잡아 뜯어냈다.

드래곤 라이더와 양 날개를 잃은 드래곤은 고통에 신음하며 아래로 추락해 버렸다.

"데쓰무쓰! 날 저기 저놈한테 던져!"

용탄자는 뒤로 가서 데쓰무쓰의 꼬리에 매달려 데쓰

무쓰에게 소리쳤다.

"간다!"

데쓰무쓰는 앞발에 들린 뜯겨진 날개를 던지며 동시에 꼬리를 휘둘러 높은 고도에서 아래로 검기 우박을 쏟아 내고 있는 붉은 눈썹 전사가 타고 있는 드래곤을 향해 용탄자를 던졌다.

"위에서 검기를 쏟아 내면 위험하잖아!"

투석기에서 발포된 바위처럼 위협적으로 날아간 용탄자는 속도의 힘을 그대로 실어 창지팡이 보석을 드래곤의 가슴에 박아 넣었다.

"크하하하하학!"

"이런 젠장!"

비명 소리에 붉은 눈썹 전사는 자신의 드래곤의 가슴에 붙은 용탄자를 떼어내려 했지만 용탄자가 완전히 딱 붙어 숨어 있어 섣불리 검기를 날릴 수가 없었다.

드래곤의 등에 탄 붉은 눈썹 전사가 듀알린을 들고 갈팡질팡하는 사이 용탄자는 가슴에 박혀 있는 창지팡이 보석에 마력을 주입시켰다.

"떨어져! 떨어져!"

드래곤은 가슴에 박힌 용탄자의 창지팡이 보석이 점

점 뜨거워지는 것을 느끼고는 찰거머리처럼 들러 붙은 용탄자를 떼어내려 앞발을 휘둘렀지만 용탄자는 드래곤의 앞발 공격을 민첩하게 피해 냈다.

"잘 가라!"

창지팡이 보석에 마력을 한껏 주입시킨 용탄자는 드래곤에게 마지막 인사말을 건네고 검은 화염을 폭발시켰다.

가슴 속에 박힌 창지팡이 보석에서 나온 엄청난 화염 폭탄을 온몸으로 받게 된 드래곤은 폭발한 화산처럼 검은 화염의 열기에 뜨거운 피를 쏟아 냈다.

"살려 보내지 않겠다!"

붉은 눈썹 전사는 자신의 드래곤의 입에서 뜨거운 피를 쏟게 만든 용탄자를 죽이려 듀알린을 휘두르려 했지만 뒤에서 날아든 데쓰무쓰에게 먹히고 말았다.

빠드득! 뿌드드득!

껌을 씹듯 우물거리는 데쓰무쓰의 입에서 뼈 바스라지는 소름 끼치는 소리가 들렸다. 맛이 없는지 데쓰무쓰는 우물거리며 씹은 붉은 눈썹 전사를 다른 붉은 눈썹 전사에게 침을 뱉듯 퉤! 하고 뱉어 버리고는 용탄자를 다시 등에 태웠다.

"우와아아아아~"

혼혈 전사들은 용탄자의 활약에 잃어가던 사기를 되찾으며 다시 맹렬히 싸우기 시작했다.

졸탄 왕자는 용탄자가 혼혈 전사들의 사기를 올리고 있다는 것을 알아차리고는 곧바로 용탄자를 향해 드래곤을 몰았다.

용탄자 역시 돌진해 오는 졸탄 왕자를 보고는 데쓰무쓰를 몰아 돌진했다.

"으라아아아아~"

"으아아아아~"

서로의 드래곤을 빗겨 날아가며 무기를 휘둘렀다.

깡!

드래곤을 타고 날아오는 속도와 온 힘을 다해 적의 급소를 향해 휘둘러진 창지팡이와 듀알린은 굉음을 내며 공중에서 부딪혔다.

위이이이이잉!

졸탄 왕자와 용탄자는 손에 든 듀알린과 창지팡이의 몸서리침을 느끼며 적의 강력함에 침을 꼴깍 삼키며 입을 꽉 다물고 다시 드래곤을 몰아 부딪혔다.

크아아아앙~

무서운 속도로 날아오는 졸탄 왕자의 드래곤에 돌진하여 부딪힌 데쓰무쓰는 자신의 날개를 잡아뜯으려는 졸탄 왕자의 드래곤의 앞발을 잡아 저지하고 목을 물어 뜯으려 날카로운 이빨을 드러냈지만 졸탄 왕자의 드래곤은 능숙하게 데쓰무쓰의 이빨 공격을 목을 쳐 반격했다.

두 드래곤이 목을 물어 뜯으려는 사이 졸탄 왕자는 드래곤의 등에서 떨어져내려 꼬리에 매달린 후 검기를 데쓰무쓰에게 쏘아 올렸다.

"으악!"

졸탄 왕자의 검기에 데쓰무쓰의 오른쪽 어깨가 깊게 베어 버렸다.

"데쓰무쓰!"

용탄자는 데쓰무쓰의 상태를 보고는 얼른 데쓰무쓰의 등에서 떨어져내려 꼬리에 매달린 후 데쓰무쓰의 목을 향해 다시 검기를 날리려는 졸탄 왕자에게 창지팡이를 휘둘러 저지한 후 곧바로 검은 마력 광선을 졸탄 왕자의 드래곤의 입을 향해 날렸다.

'컥!'

검은 마력 광선에 입을 강타당한 드래곤의 고개가 순

간적으로 돌아가자 데쓰무쓰는 그때를 놓치지 않고 목
을 물어 버렸다.

'끼야아아아악!'

"이런 젠장!"

졸탄 왕자는 자신의 드래곤이 목이 물려 괴로워하는
것을 보자마자 절벽을 오르듯 꼬리와 등을 타고 올라갔
다.

"그렇게 되게 놔둘 것 같냐?"

용탄자는 졸탄 왕자가 데쓰무쓰의 머리로 향한다는
것을 본능적으로 느끼고는 데쓰무쓰의 꼬리와 등을 타
고 올라와 공격하려는 졸탄 왕자에게 창지팡이를 휘둘
렀다.

'⋯⋯!'

"네가 혼혈 전사들을 이끄는 수장이었구나!"

"놀구 있네! 달리온이 수장이거든? 이 머저리야! 그
나저나 함정에 걸려든 소감이 어떠신가? 동족의 드래곤
들을 죽이겠다고 눈에 불을 켜고 용작살포 아가리로 들
어오던데? 아주 병신처럼!"

"뭐라? 우리 일족 전사들의 드래곤들을 우리들을 잡
는데 썼단 말이냐! 이런 교활한 놈!"

"뭘 그렇게 열받아 하노? 아까 보니까 그렇게 아끼는 네 일족 전사들의 드래곤을 지 살겠다고 작살받이로 잘 쓰더만?"

"닥쳐라!"

용탄자와 대치하고 있던 졸탄 왕자는 용탄자의 비아냥거림에 화가 치밀어 검기를 날렸다.

"후우우~ 이게 잘될지 모르겠네……."

어마어마한 크기의 검기를 피할 수 없다는 것을 잘 알고 있는 용탄자는 좀 전에 하게둔의 모습을 떠올리며 창지팡이를 휘둘렀다.

"으득!"

졸탄 왕자의 검기가 얼마나 강력한지 받아 낸 창지팡이를 휘두르는 것이 보통 완력으로 되는 것이 아니었다.

용탄자는 이를 꽉 깨물고 모든 완력을 총동원해 창지팡이를 이용해 검기의 방향을 바꿔 졸탄 왕자에게 날렸다.

"젠장!"

졸탄 왕자는 부메랑처럼 되돌아오는 검기를 피하다 그만 자세를 흩트리고 말았다.

졸탄 왕자는 자세가 흐트러진 틈을 타 용탄자의 공격이 날아올 것을 대비해 반사적으로 듀알린을 들어 올렸지만 더 이상의 공격은 없었다.

용탄자의 창지팡이는 졸탄 왕자가 아닌 졸탄의 드래곤의 목으로 겨냥되어 용탄자의 손을 따라 위로 솟았다가 아래로 내리꽂히고 있었다.

"안 돼!"

졸탄 왕자는 손에 든 듀알린에 온 힘을 실어 용탄자에게 날렸다.

용탄자는 드래곤의 목에 창지팡이를 찔러 넣으려다 말고 무시무시한 속도로 날아오는 듀알린에 목적한 바를 이루지 못하고 방어에 전념해야 했다.

"으악!"

날아오는 듀알린이 얼마나 강한지 용탄자는 겨우 막아 냈지만 뒤로 한참을 밀려나다 창지팡이를 놓치고 말았다.

"흐아아압!"

그사이 졸탄 왕자는 주먹으로 자신의 드래곤의 목을 물고 있는 데쓰무쓰의 머리를 내려쳤다.

데쓰무쓰는 졸탄 왕자가 망치로 내려치는 듯한 주먹

에 순간적으로 정신을 잃어 턱에 힘이 빠져 놓쳐 버리고 말았다.

"안 떨어지나? 이 개자식아!"

용탄자 역시 뒤지지 않았다.

용탄자는 졸탄 왕자가 공격해 오기 전에 얼른 데쓰무쓰의 목을 물고 있는 졸탄 왕자의 드래곤의 한쪽 눈을 있는 힘껏 발로 차 버렸다.

용탄자의 강력한 힘이 실린 다리 공격에 강타당한 졸탄 왕자의 드래곤의 한쪽 눈알에 금이 쩍하고 갈라져 그 갈라진 틈 사이로 피가 새어 나왔다.

"크아아아악!"

졸탄 왕자의 드래곤은 한쪽 눈에서 피를 흘리며 데쓰무쓰의 목에서 떨어져 나갔다.

두 드래곤이 떨어지는 바람에 아슬아슬하게 걸쳐져 있던 듀알린과 창지팡이가 아래로 떨어졌다.

"무기를 다오! 어서!"

졸탄 왕자는 감긴 한쪽 눈에서 피가 흘러내리는 자신의 드래곤의 등에 올라 주위에 있던 붉은 눈썹 전사에게 소리쳤다.

"받으십시오! 왕자님!"

졸탄 왕자의 외침을 들은 붉은 눈썹 전사는 자신의 듀알린을 기꺼이 졸탄 왕자에게 던져 주고는 날오는 방패에 목을 잃었다.

"어이! 애송이 이제 어떡할 거야?"

"어쩌기는 곡예비행으로 검기를 피해야지!"

용탄자는 졸탄 왕자가 날아오는 듀알린을 받는 모습에 곡예비행으로 검기를 피하고자 데쓰무쓰의 날개에 온 신경을 집중했다.

"무기 떨어트리지 마라! 이 머저리 같은 놈아!"

그때 아래에서 드래곤스에서 비행 수업을 받을 때 들었던 익숙하고 정겨운 호통 소리가 들려오며 창지팡이가 날아왔다.

"으차!"

용탄자는 날아온 창지팡이를 잡고 아래를 쳐다봤는데 잡은 물고기의 아래턱을 잡아 한 손으로 들어 올리듯 붉은 눈썹 전사의 아래턱을 잡아 들고 있는 하게둔이 보였다.

"나 쳐다보지 말고 어서 왕자를 죽여라!"

하게둔은 잡아 들고 있는 붉은 눈썹 전사의 목을 쳐 집어 던지며 소리쳤다.

하게둔의 호통에 용탄자는 창지팡이를 고쳐 잡고 졸 탄 왕자를 노려봤다.

"나의 비기를 보고 죽게 되는 것을 영광으로 알아 라."

졸탄 왕자는 듀알린을 두 개의 검으로 분리해 양손에 들고서 숨을 골랐다.

몇 번 숨을 골랐을까, 손에 든 검을 용탄자와 데쓰무 쓰를 향해 허공에 휘둘렀다.

"비기 같은 소리…… 으윽!"

용탄자는 허공에 검을 휘두르는 졸탄 왕자를 비웃으 려다 입고 있는 혼혈 전사 갑옷과 함께 복부가 베어 피 를 왈칵 쏟았다.

졸탄 왕자는 비웃으려다 무형검에 베인 용탄자를 비 웃으며 다시 한 번 검을 휘둘렀는데

"으악!"

이번에는 데쓰무쓰의 복부가 베여 피가 아래로 떨어 졌다.

"이런 젠장! 저 왕자 새끼 검에 투명한 검기를 만들 어서 휘두르는 모양인데?"

용탄자는 졸탄 왕자가 들고 있는 검 자체가 무형검의

손잡이라는 것을 배를 베인 다음에야 알게 되었다.

"일단 피하자!"

보이지 않는 검을 도저히 막아 낼 자신이 없는 용탄자는 데쓰무쓰를 몰아 졸탄 왕자와 거리를 벌리려 했다.

"놓치지 않는다!"

졸탄 왕자는 용탄자가 무형검의 사정거리 밖으로 이동하면 분명히 마법 공격을 해올 것이라는 것을 알고 드래곤을 몰아 용탄자와 데쓰무쓰의 뒤를 맹추격하며 무형검을 휘둘렀다.

"으악!"

뒤에서 추격해 오는 졸탄 왕자가 휘두르는 무형검에 용탄자가 입고 있는 혼혈 전사 갑옷은 찢겨 나갔고 등은 상처로 너덜너덜해져 피가 엉덩이를 타고 흘러내려 데쓰무쓰의 등까지 적셨다.

"어이! 애송이 괜찮냐?"

"아직은 견딜 만하다!"

"언제까지 이렇게 도망쳐야 되는데!"

데쓰무쓰는 등에서 느껴지는 용탄자의 뜨끈뜨끈한 피에 답답해하며 소리쳤지만 답답하기는 용탄자도 마찬가지였다.

"악! 어이 애송이! 얼른 머리 좀 굴려봐! 저 자식 내 꼬리까지 공격하고 있다고!"

졸탄 왕자의 무형검 공격에 꼬리가 베인 데쓰무쓰는 꼬리를 이리저리 움직이며 무형검으로부터 꼬리를 지켜야만 했다.

"저거다!"

용탄자는 달리온과 그의 드래곤이 붉은 눈썹 전사 두 명과 그들의 드래곤들과 뒤엉켜 전투를 벌이고 있는 상공 뒤로 보이는 구름을 보고는 좋은 수가 떠올랐는지 곧바로 구름을 향해 돌진했다.

"마지막 발악인 거냐!"

졸탄 왕자 역시 용탄자를 따라 구름을 향해 돌진했다.

용탄자는 구름 속으로 진입하자마자 창지팡이를 입에 물고 양손을 뒤로하여 검은 마력 폭탄 구슬 수십 개를 만들어 뒤로 흩뿌리며 날아 구름을 빠져나왔다.

퍼버버벙!

용탄자가 흩뿌린 검은 마력 폭탄 구슬들은 폭발을 일으키며 졸탄 왕자를 구름 속에 멈춰 세웠다.

용탄자는 얼른 입에 물었던 창지팡이를 다시 꼬나들고 졸탄 왕자가 들어 있는 구름을 향해 검은 화염을 던졌다.

창지팡이에서 발사된 검은 화염은 이내 구름 속으로 들어가 구름을 뜨겁게 덥혔는데 폭발과 열기로 덥혀진 구름은 곧 폭풍 구름으로 바뀌어 비와 바람을 세차게 뿜어내기 시작했다.

졸탄 왕자는 엄청난 폭발과 열기에 미쳐 날뛰는 그 어떤 비바람과도 비할 바가 못되는 살인적인 비바람 때문에 폭풍 구름 속에 갇혀 버렸다.

용탄자는 검은 화염을 뿜어낸 것으로 그치지 않고 다시 창지팡이를 휘둘러 이번에는 검은 번개를 폭풍 구름으로 날렸다.

거의 물속이라고 느껴질 만큼의 비를 뿜어내고 있는 폭풍 구름 안으로 날아간 번개는 빗방울을 전도시켜 번개비로 만들어 버렸고 폭풍 구름 속에 있는 졸탄 왕자는 수억 방울의 번개비에 감전되어 버렸다.

파지지지지직!

번개비에 순식간에 수억 번을 감전당한 졸탄 왕자와 그의 드래곤은 곳곳이 검게 타 버린 모습으로 폭풍 구름 속에서 비처럼 아래로 떨어져 내렸다.

용탄자는 다시 한 번 검은 번개를 날려 달리온과 싸우고 있는 붉은 눈썹 전사 두 명을 감전시켜 버렸다.

"잡았다! 이놈들!"

달리온은 용탄자가 날린 번개에 주춤거리는 붉은 눈썹 전사 두 명을 양손으로 붙잡아 번개비를 쏟아 내고 있는 폭풍 구름 속으로 던져 버렸다.

그리고 그들의 두 드래곤의 숨통을 방패날로 끊어 버리고는 얼른 추락하는 드래곤의 목에서 뛰어내려 자신의 드래곤에 올랐다.

"왕자!"

달리온은 도와준 용탄자에게 고맙다는 인사를 하려 그를 쳐다보았는데 용탄자는 추락하는 졸탄 왕자가 날린 무형검에 왼쪽 날개뼈가 관통당해 부러진 데쓰무쓰와 함께 아래로 추락하고 있었다.

달리온은 용탄자를 구하고자 수직강하 비행을 하려 했지만 다른 붉은 눈썹 전사가 앞을 막아서는 바람에 멈춰설 수밖에 없었다.

"하게둔! 하게둔! 왕자를 구하게!"

달리온은 붉은 눈썹 전사를 상대하며 하게둔을 큰소

리로 부르며 왕자를 구하라 소리쳤지만 하게둔 역시 상황이 여의치가 않았다.

혼혈 전사들의 피해를 줄이고자 무아지경에 빠져 붉은 눈썹 전사들을 죽인 터라 붉은 눈썹 전사들의 주의를 끌게 돼 포위되어 있었던 것이다.

다행히도 혼혈 전사들이 하게둔을 포위한 붉은 눈썹 전사들에게 달려들어 집중 공격을 받는 것을 피할 수는 있었지만 용탄자를 구할 여유까지 생기지는 않았다.

"이런 젠장!"

하게둔은 날아오는 검기를 되날려 붉은 눈썹 전사의 드래곤을 두 동강 내며 추락하는 용탄자를 인상으로 잔뜩 구겨진 얼굴로 쳐다만 볼 수밖에 없었다.

"데쓰무쓰! 괜찮나?"

용탄자는 데쓰무쓰와 함께 추락하며 소리쳐 물었다.

"괜찮아 보이냐? 지금 왼쪽 날개가 부러졌는데?"

"지금 이대로 추락하면 우리 둘 다 죽는다! 날개를 조금도 못 움직이겠나?"

데쓰무쓰는 양 날개를 펼쳐 보려 했지만 펼쳐지는 것은 오른쪽 날개뿐이었다.

오른쪽 날개만 펴지는 바람에 데쓰무쓰는 추락하며

몇 바퀴를 빙글빙글 돌아야 했다.

"접어라! 날개 접어!"

데쓰무쓰의 등에서 데쓰무쓰와 빙글빙글 돌던 용탄자
는 데쓰무쓰에게 소리쳤다.

"내가 안 움직이는 왼쪽 날개를 강제로 펼쳐 볼 테니
까 내 소리에 맞춰서 오른쪽 날개를 펼쳐라 알겠제?"

"알았어."

"아파도 참아야 된다!"

"죽기보다 더 하겠어? 어서 펼쳐!"

용탄자는 추락하는 데쓰무쓰의 등에서 도저히 못 일
어서겠는지 두 팔로 엉금엉금 기다시피해 데쓰무쓰의
왼쪽 날개를 잡았는데 엄청나게 커서 도저히 손으로 펼
수가 없었다.

그래서 결국 용탄자는 창지팡이의 창날을 부러진 왼
쪽 날개에 박아 넣었다.

"야! 너 뭐하는 거야?"

"미안! 도저히 손으로는 못 펼치겠다."

"알았으니까 어서 펼쳐! 땅이 바로 코앞이야!"

"오케이! 펼쳐!"

용탄자는 데쓰무쓰에게 소리치며 부러진 왼쪽 날개에

박아 넣은 창지팡이를 밀어 왼쪽 날개를 펼쳤는데 이렇게 펼쳐도 반의반 정도밖에 펼칠 수 없었다.

"크아아아아앙!"

데쓰무쓰는 엄청난 고통에 비명을 내질렀는데 그럴 수밖에 없었다.

부러진 날개를 강제로 펼쳐졌으니 말이다.

어쨌든 날개를 겨우겨우 펼쳐 감속비행을 했지만 추락 속도를 완벽하게 줄일 정도는 아니었다.

처버버버버벙!

하지만 하늘이 도왔는지 데쓰무쓰와 용탄자는 유난히 큰 유성연못으로 5층 건물만 한 높이의 포말을 일으키며 추락하여 목숨을 건질 수 있었다.

조금의 힘도 남지 않은 데쓰무쓰는 용탄자를 태운 채 연못을 나와 폴리모프해 버렸다.

용탄자는 정신을 잃다시피 잠에 빠져든 상처투성이 데쓰무쓰를 호주머니 속에 넣었다.

"아직 끝나지 않았다!"

데쓰무쓰를 호주머니 속에 넣고 마신 연못 물을 토해 내며 한숨을 돌리려는 용탄자의 등 뒤로 간담이 서늘해 지는 목소리가 들려옴과 동시에 아직 번개 실오라기가

파드득 일어나고 있는 듀알린이 등뼈를 노리고 날아들
었다.

"으악!"

용탄자는 얼른 앞으로 누워 듀알린을 피하고 옆으로
구르며 창지팡이를 휘둘러 졸탄 왕자를 뒤로 물러나게
만들고서 일어났다.

"저승길을 나 혼자서 갈 것 같으냐?"

번개비에 검게 타 버린 졸탄 왕자의 모습은 그야말로
처절하기 이를 데가 없었다.

검게 타 버려 새까만 숯이 부서지듯 찢어진 피부에서
감전되어 부글부글거리는 응고 직전의 뻑뻑한 피가 흘
러내리고 있었고, 눈은 번개비에 감전되어 번갯빛이 뿜
어져 나오고 있었다.

그의 뒤에는 왕자를 끌어안고 추락하여 추락의 충격
을 고스란히 혼자서 받아 왕자를 살리고 죽은 그의 드
래곤 시체가 널브러져 있었다.

"으아아악!"

졸탄 왕자는 괴성을 지르며 남은 힘을 모조리 쥐어짜
내 용탄자를 공격했다.

용탄자는 창지팡이로 혼신의 힘이 실린 졸탄 왕자의

듀알린을 막아 냈다.

챙! 챙! 챙!

어떻게 된 게 졸탄 왕자의 공격은 용탄자가 막아 내면 막아 낼수록 점점 더 강해졌다.

졸탄 왕자는 옆구리를 향해 휘두른 듀알린을 용탄자가 창지팡이로 쳐 내자 한 걸음 뒤로 물러섰다가 도약하여 듀알린을 용탄자의 머리를 향해 내려쳤다.

용탄자는 얼른 창지팡이를 양손으로 넓게 잡아들어 졸탄 왕자의 공격을 방어했는데

와직!

졸탄 왕자의 체중과 혼신의 힘이 실린 듀알린을 창대로 받은 용탄자의 창지팡이는 천둥에 와직! 하고 두 동강이 나는 나무처럼 부러져 버렸다.

"으윽!"

용탄자는 본능적으로 고개를 뒤로 젖혀 치명상은 면했지만 가슴을 길게 베이고 말았다.

용탄자는 듀알린의 충격에 뒤로 몇 발자국 물러나다 쓰러져 무릎을 꿇고 말았다.

"하아…… 하아…… 하아……."

졸탄 왕자도 이제 숨이 목까지 차는지 숨을 헐떡이며

무릎을 꿇고 상체가 쓰러질 듯 앞으로 기우러져 피를 쏟고 있는 용탄자에게로 위태위태하게 걸어갔다.

"우윽……."

몸에 충격이 심한지 용탄자는 왈칵 올라오는 피를 토해 냈다.

하지만 눈은 번쩍 뜨고서 한 치 앞의 땅을 주시했다.

그리고 주시하고 있는 한 치 앞의 땅으로 졸탄 왕자의 검게 탄 발이 들어왔을 때 용탄자는 아주 은밀하게 부러진 창지팡이의 창날이 붙어 있는 부분을 잡았다.

"함께 저승길을 가게 되어 외롭지는 않겠구나……."

졸탄 왕자가 듀알린을 높이 들어 목을 찌르려 할 때 용탄자는 벌떡 일어나 손에 든 창지팡이 창날을 졸탄 왕자의 목에 찔러 넣었다.

"으으으으~"

졸탄 왕자는 그 짧은 사이에 높이 든 듀알린을 놓아 버리고서 창날을 찔러 넣는 용탄자의 손을 잡아 떨쳐 내려 안간힘을 썼다.

"저승은 니 혼자서 가라!"

용탄자는 젖 먹던 힘까지 짜내어 창날을 졸탄 왕자의 목에 찔러 넣었는데 졸탄 왕자의 팔 힘이 얼마나 센지

좀처럼 다가가지를 못했다.

펙!

용탄자는 이대로는 안 되겠다 싶어 남은 한 손으로 왕자의 옆구리를 때리기 시작했다.

펙! 펙! 펙!

옆구리 충격에 졸탄 왕자의 손에 힘이 점점 빠지면서 창날이 점점 졸탄 왕자의 목을 향해 갔다.

우직!

그러다 용탄자가 휘두르는 주먹에 갈비뼈가 부러지자 순간적으로 졸탄 왕자의 양팔에 힘이 빠졌고 창날은 졸탄 왕자의 목을 깊게 파고들었다.

"반란을 일으켜 왕좌에 걸맞지 않은 왕을 추대해 부족의 땅을 훼손한 죗값을 치뤄라!"

용탄자는 혹시나 졸탄 왕자가 창날이 목에 박힌 채 계속 싸우려들까 창날을 빙글 돌려 목을 잘라 냈다.

"내 살다살다 니처럼 징글징글한 놈은 처음이다!"

용탄자는 이제 보기도 싫은 머리를 잃은 졸탄 왕자의 몸을 신경질적으로 발로 차 쓰러트렸다.

용탄자가 끈질긴 졸탄 왕자의 목을 잘라 냈을 때쯤 하늘에서도 전투가 끝났다.

하게둔과 달리온이 혼혈 전사들을 잘 이끌어 붉은 눈썹 전사들을 모조리 아래로 추락시켜 버렸다.

물론 반 이상의 혼혈 전사들을 잃어야 했지만 말이다.

달리온과 하게둔은 살아남은 혼혈 전사들을 데리고 숲으로 착륙했다.

전투에 녹초가 된 드래곤들은 착륙하자마자 폴리모프하여 각자의 드래곤 라이더의 갑옷 속으로 들어가 깊은 잠에 빠져들었다.

전투에서 승리한 그들은 지친 몸을 이끌고 막사로 돌아왔다.

막사에서 전사들의 귀환을 기다리던 여인들과 아이들은 전사들을 반겼다.

물론 저승길로 떠나 돌아오지 않은 전사들을 기다리던 사람들은 그들을 반길 수 없어 울음을 터트렸지만 말이다.

"아빠!"

달루네는 돌아온 아버지 달리온에게 달려와 그의 품에 안겼다.

"많이 걱정했냐?"

달리온은 많이 수척해진 딸아이의 얼굴에 뺨을 부비며 물었다.

"걱정은 누가 해? 아빠를 이길 사람이 누가 있다고!"

달루네는 같이 뺨을 부비며 말했다.

"하게둔!"

딸아이와 재회의 기쁨을 나누나 아직 붉은 눈썹 전사들의 피가 뚝뚝 흘러내리는 창지팡이를 내려 들고 부상을 입은 혼혈 전사를 부축해 막사로 귀환한 하게둔을 본 달리온은 서둘러 그에게로 가 끌어안았다.

"수고가 많았네. 달리온."

"자네도 수고가 많았어. 자네와 왕자께서 우리와 함께하지 않았다면 우리는 졸탄 왕자의 노예가 되었을 거야."

"왕자! 왕자는 찾았나?"

"아니…… 날이 밝는대로 수색팀을 꾸려 내 직접 찾으러 나설 생각이네."

"나도 함께하겠네."

달리온과 하게둔이 나누는 대화를 들은 달루네는 그들의 곁으로 와 물었다.

"왕자를 찾아야 된다니…… 그게 무슨 소리예요?"

달리온과 하게둔은 얼굴이 백지처럼 창백해진 달루네에게 차마 용탄자의 소식을 전하기가 쉽지 않은지 머뭇거렸다.

그들의 머뭇거림에 달루네의 안색이 더 창백해졌다.

"후우우우우~"

달리온은 한숨을 한 번 길게 내쉬고는

"졸탄 왕자와 맹렬하게 싸우다 졸탄 왕자를 추락시키는데 성공한 용탄자 왕자님의 드래곤 데쓰무쓰가 졸탄 왕자가 던진 듀알린에 날개가 부러지는 바람에 왕자님과 함께 추락하고 말았단다."

"뭐라구요?"

달루네는 말도 안 된다는 듯 뒷걸음질을 치다 쓰러질 듯 비틀거렸다.

하게둔이 비틀거리는 달루네를 붙잡으며

"추락한 것이지 죽은 게 아니다. 내가 아는 용탄자는 분명 어떻게든 죽을 고비를 잘 넘겼을 거야. 날이 밝는 대로 찾으러 갈 생각이다."

하게둔은 다리에 힘이 풀린 달루네를 달리온의 품에 안겨 주었다.

"그러실 필요없어요."

그때 뒤에서 너무나도 반가운 목소리가 들려왔다.

출혈로 창백해진 용탄자가 한 손에는 졸탄 왕자의 잘린 목을 또 한 손에는 두 동강이 난 창지팡이의 창날 부분을 들고 막사로 귀환한 것이다!

"왕자님!"

"탄자!"

달리온과 하게둔은 돌아온 용탄자를 반겼다.

"왕자께서 돌아오셨다!"

달리온은 졸탄 왕자의 잘린 목이 들린 용탄자의 손을 힘껏 들어 전투로 기진맥진한 혼혈 전사들에게 반가운 소식을 알렸다.

"우와아아아아아아아~"

용탄자의 무사 귀환에 혼혈 전사들은 환호성을 내질렀다.

"보아라! 제국의 대전사 졸탄 왕자의 시커멓게 타 버린 초라하기 그지없는 목이다! 우리들에게 덤벼든다면 제국의 대전사도 이렇게 초라한 꼴이 될 수밖에 없다! 그 이유를 알고 있나?"

"……"

"그 이유는 바로 우리들이 용아족 최고의 전사들이기

때문이다!"

"우와아아아아아아아아~"

전사자들의 빈자리에 침울해하던 혼혈 전사들은 졸탄 왕자의 머리를 높이 든 용탄자의 연설에 가슴을 두드리며 포효하며 승리를 울부짖었다.

"전사들의 장례식에 졸탄 왕자의 머리를 같이 태워서 혼혈 전사들의 슬픔을 달래 주세요."

용탄자는 졸탄 왕자의 머리를 달리온에게 건넸다.

"본부대로 하겠소. 왕자."

달리온은 졸탄 왕자의 머리를 받다 그를 끌어안았다.

달루네와 함께 달리온의 품에 안기게 된 용탄자는 달리온을 같이 한 번 안아 주고는 달리온의 품을 나왔는데 몸이 이상하게 많이 무거웠다.

용탄자는 전투 피로가 많이 쌓였구나라는 생각에 막사로 돌아가려 했는데 발이 떨어지지 않아 보니 달루네가 품에 꼭 안겨 있었다.

"달루네. 옷에 피 묻는다."

몸에 피가 묻지 않은 데가 없는 자신을 끌어안은 달루네의 옷에 피가 묻을까 용탄자는 허리를 꽉 끌어안은 달루네의 팔을 풀었다.

"하게둔, 하게둔이 던져 준 창지팡이가 졸탄 왕자의 공격에 이렇게 두 동강이 나 버렸어요."

"상관없다. 어차피 그 창지팡이는 우리들이 파리에서 도망쳐 올 때 드래곤 슬레이어에게서 빼앗은 것 아니냐?"

하게둔은 용탄자가 내민 손에 들린 부러진 창지팡이를 대수롭지 않게 여기며 잘 싸웠다는 표현으로 그의 어깨를 툭툭! 두드려 주었다.

털썩!

하게둔이 어깨를 툭툭 두드리자마자 용탄자는 그대로 뒤로 쓰러져 버렸다.

"하게둔!"

달루네는 용탄자를 쓰러트린 하게둔에게 잡아먹을 듯이 소리쳤다.

하지만 하게둔은 그런 달루네의 목소리가 들리지 않는지 서둘러 용탄자의 몸에 바닷물을 끼얹어 묻은 피를 씻어 냈는데 몸에 묻은 피에 가려진 상처들이 보였다.

"왕자! 왕자!"

달리온은 얼른 용탄자를 업어 그의 막사로 데리고 들어가 침대에 눕혔다.

6. 바다로!

고블린들의 기계 공장으로 변한 베르사유 궁전으로 끌려온 식인 드래곤은 고블린들의 기계공학술에 다시 태어나고 있었다.

　찢어진 뱃속의 상한 장기들은 모두 기계로 교체되었고 찢어진 배는 용접으로 봉합되었다.

　거기다 깊게 파인 눈구멍에 정밀 렌즈가 장착되어 시야를 얻게 되었고 찢겨진 날개 자국에는 지금의 식인 드래곤의 덩치에 비해 비정상적으로 커다란 날개가 장착되었다.

"배가 고파……."

고블린 기술자들의 손에 반기계 반생물의 생명체가
된 식인 드래곤은 눈을 뜨자마자 배가 고파져 인간 먹
이를 찾아 움직이려 했지만 팔과 다리, 목이 모두 무쇠
족쇄에 채워져 있어 꼼짝할 수가 없었다.

유일하게 움직일 수 있는 것이라고는 입밖에 없었다.

'식인 드래곤이 드디어 깨어났습니다. 주인님.'

문디람은 식인 드래곤이 눈을 뜨고 움직이려 하는 모
습을 보고는 바로 다크 메인에게 연락을 취했다.

문디람의 연락을 받은 다크 메인은 몇 분 뒤 베르사
유 궁전에 도착했다.

다크 메인이 베르사유 궁전 문을 열고 안으로 들어오
자 안에 있던 모든 고블린들이 달려와 그 앞에 머리를
숙였다.

"현실 세계 정복은 어떻게 되어 가고 있습니까?"

문디람은 다크 메인을 맞아 그를 개조된 식인 드래곤
이 있는 곳으로 안내하며 물었다.

"미국이라는 국가의 점령이 만만치가 않아."

다크 메인은 현실 세계의 점령이 생각대로 빠르게 이
루어 지지 않아 짜증이 나는지 목소리에 분노가 섞여

있었다.

"역시 고블린들의 기계공학술은 언제 봐도 재밌구만."

"감사합니다, 암흑군주님."

다크 메인은 완전히 되살아나 무쇠 족쇄를 풀고자 발버둥치는 식인 드래곤을 보며 감탄했다.

"내가 주문한 대로 개조되었겠지?"

"당연합지요! 인간 시체를 먹이는 족족 덩치가 불어날 겁니다. 그리고 최대로 불어날 수 있는 덩치에 맞춰 날개와 내장, 골격을 개조해 놓았습지요!"

"일처리 하나는 마음에 드는구만…… 문디람!"

"네. 주인님."

"지금 당장 픽시드 정부 놈들 시체를 먹여라."

"실행하겠습니다."

문디람은 다크 메인의 명이 떨어지자마자 손가락을 튕겨 짐꾼 로봇들에게 베르사유 궁전 지하에 저장해 둔 픽시드 정부 직원들의 시체를 가져오게 했다.

"그런데 왜 저렇게 묶어 둔 거지? 저렇게 묶어서 강제로 먹이지 않아도 인육에 환장한 놈이라 잘 먹을 텐데."

"그게…… 개조 전에 찢어진 뱃속을 살펴보니 위장이 상당히 손상이 되어 있었습니다. 그래서 손상된 위장을 떼어내고 기존의 위장보다 소화력과 흡수력이 훨씬 더 좋은 기계 위장을 이식했습죠. 그런데……."

"그런데?"

"한 가지 단점이 기계 위장은 기존 위장에 비해 성능이 월등한데 상당한 복통을 유발하게 됐습죠."

"인육에 환장한 식인 드래곤이 이제는 인육을 가장 무서워하게 생겼구만. 하하하하!"

베르사유 궁전 지하로 내려간 짐꾼 로봇들은 곧 수백 구의 픽시드 정부 직원 시체들을 가지고 올라왔다.

짐꾼 로봇들이 도착하자 고블린들이 식인 드래곤의 입에 기계를 설치했는데 스위치를 누르자 기계가 움직여 입을 강제로 움직이게 만들었다.

"어서 인육을 식인 드래곤에 먹여라!"

문디람의 명에 고블린들은 위아래로 움직이는 식인 드래곤의 입속으로 시체를 던져 넣기 시작했다.

식인 드래곤은 다시 맛보는 인육에 처음에는 좋아서 가만히 있었지만 시체가 식도를 타고 내려가 기계 위장에서 소화되기 시작하며 복통을 일으키자 몸부림을 치기 시작했다.

"완전히 불어난 식인 드래곤을 조종할 수 있도록 만들 수 있겠나? 저렇게 고통스러워하는데 말이야."

무쇠 족쇄에 묶여 발버둥치는 모습에 다크 메인은 의문이 들어 공장장 고블린을 의심스런 눈으로 쳐다보았다.

"걱정 꼭 붙들어 매십시오! 인육을 먹여 덩치를 키우면서 머리를 열어 뇌를 개조할 겁니다. 무쇠 족쇄를 끊어 버리고 일어설 때쯤에는 암흑 군주님의 충성스런 개가 되어 있을 겁니다."

공장장은 식인 드래곤의 머리 위로 올라가 전기톱으로 드래곤의 단단한 비늘로 덮힌 두피와 두개골을 여는 작업에 착수한 고블린 기술자들을 가리키며 말했다.

"식인 드래곤이 완성되는 대로 워싱턴으로 보내 미국을 박살 내라."

"내부 설계를 하지 말고 바로 출격시키라굽쇼?"

"워싱턴이 초토화되고 나서 백악관을 기계 공장으로 만들어 그곳에서 내부 설계를 실시한다."

"분부대로 합지요!"

공장장 고블린은 곧 기계 공장이 하나 더 생긴다는

말에 입이 귀에 걸려 대답했다.

"주인님. 케이린 숲의 우드엘프들의 저항이 만만치 않은 것 같습니다. 케이린 숲의 드래곤 슬레이어들을 모두 현실 세계로 불러올까요?"

"아니다, 점령한 파리에 주둔한 드래곤 슬레이어들 중 일부로 지원병을 조직해 케이린 숲으로 보내라. 이 참에 우드엘프들의 씨를 말려야겠다."

"곧 케이린 숲이 잿더미로 변하겠군요."

"문디람, 네가 지원병들을 직접 이끌고 가라."

"주인님의 의지를 실행하겠습니다."

문디람은 곧장 베르사유 궁전을 나와 파리 에펠탑에 매달려 불타는 파리를 감상하고 있는 드래곤 슬레이어 무리들을 이끌고 판타지 세계로 가기 위해 한국으로 향했다.

❖   ❖   ❖

한편 드래곤 슬레이어들의 수색에 1/3이 타 버린 케이린 숲은 현재 소강 상태였다.

문디람이 식인 드래곤을 데리고 현실 세계로 돌아가

는 순간 케이린 숲으로 와 숲을 태우며 우드엘프 전사들을 학살한 목적을 이룬 터라 드래곤슬에이어들은 타버린 숲의 잿더미에 앉아 휴식을 취하며 다크 메인의 다음 명을 기다렸다.

엘바트론은 그때를 놓치지 않고 빠르게 곳곳을 누빈 덕분에 살아남은 우드엘프 전사들과 부상자들을 온전히 모두 데리고 린푼드라로 귀환할 수 있었다.

"모두들 수고하셨습니다. 덕분에 케이린 숲을 모두 잃지 않게 됐군요."

린푼드라에서는 더 이상 검은 연기가 치솟지 않는 이유가 우드엘프 전사들이 드래곤 슬레이어들을 모조리 섬멸했기 때문으로 알고 있었다.

"저들이 멈춘 것은 우리들이 잘 싸웠기 때문이 아니라 저들이 목적을 이뤘다는 뜻일 겁니다."

엘바트론은 린푼드라 근처까지 마중 나온 린 여왕에게 인사를 올린 후 볼자카르를 벗으며 현실을 말했다.

"그렇습니다. 여왕 폐하. 우리 전사들은 드래곤 슬레이어를 단 한 마리도 죽이지 못했습니다. 오직 엘바트론만이 몇을 죽였을 뿐이죠."

엘바트론의 옆에 있던 두나린이 린 여왕에게 드래곤

슬레이어들의 강력함을 말해 주었다.

"적이 그렇게 강력하다면 이제 어떡하면 좋죠?"

"일단 부상자들을 린푼드라로 귀환시켜 치료받게 한 다음 다음 일을 논하는 게 어떻겠습니까?"

엘바트론은 불안한 내색을 감추려 노력하는 린 여왕을 안심시키려는 듯 웃으며 말했다.

우드엘프 전사들과 린푼드라로 돌아온 린 여왕은 부상자들을 치료하고 지친 자들을 쉬게했다.

그리고 엘바트론과 그의 기사단장들과 함께 다음 대책을 논의했는데

"우드엘프 전사들로만은 절대로 드래곤 슬레이어들을 당할 수 없습니다. 여왕 폐하."

가장 먼저 브리스가 입을 열었다.

"도대체 얼마나 강력하기에 린푼드라의 최정예 우드엘프 전사들이 상대가 안 된다는거죠?"

"빛의 날개와 검은 손 전쟁 때도 드래곤 슬레이어 하나를 죽이기 위해서는 폰테인 기사단의 드래곤 나이트 4명이 달라붙어야만 했습니다."

"우리 우드엘프 전사들이 드래곤 나이트들 보다 못하

다는 건가요?"

우드엘프 전사들을 낮게 보는 듯한 제이의 발언에 약간 울컥한 린 여왕이 물었다.

린 여왕의 질문에 폰테인 기사단장들은 뭐라 말할지 몰라 우물쭈물거렸다.

"하하하하! 그야……."

웬트람이 분위기를 조금 밝게 해보려 농담을 던지려 했는데 그를 엘바트론이 막으며 린 여왕을 보면서 말했다.

"아무리 최정예 우드엘프 전사들이라한들 이들이 폰테인 기사단의 기사들보다 나을 수는 없을 겁니다. 폰테인 기사단은 판타지 세계를 위해서 목숨을 바친 엘비스 사령관이 양성한 그와 똑같은 마음을 가진 기사들로 구성된 드래곤 라이더 집단이니까요……."

"감히 우리 우드엘프들을 모욕하는 거냐! 엘바트론, 아무리 네가 나의 조카라고는 하지만 그런 발언은 용납할 수 없다"

엘바트론의 말이 린 여왕의 자존심을 긁었는지 그녀는 자리에서 박차고 일어나 엘바트론을 노려보며 소리쳤다.

"현실을 직시하십시오. 여왕 폐하! 저와 제 기사단장들이 검은 연기가 치솟는 곳에 도착할 때마다 그곳 상황은 한결같았습니다. 드래곤 슬레이어들이 당신의 최정예 전사들을 학살하고 있었지요."

"그 입 다물어라! 내가 너의 말이 틀렸다는 것을 증명해 보일 테니! 우드엘프 전사들이 준비되는 대로 다시 한 번 드래곤 슬레이어와의 일전을 허락할 것이다. 이번에는……."

"당신께서 현실을 보시지 못하고 잘못된 믿음과 자만으로 당신의 백성들을 사지로 몰겠다면 저와 제 기사들은 곧 잿더미로 변할 린푼드라를 떠나겠습니다!"

엘바트론은 린 여왕의 어리석은 말에 그녀처럼 자리를 박차고 일어나 불을 뿜 듯 큰소리로 소리쳤다.

엘바트론의 우레와 같은 목소리에 린 여왕의 뒤에 서 있던 그녀의 호위 전사들이 검을 빼 들었다.

"엘바트론……."

브리스는 엘바트론을 진정시켜 앉히려 했지만 그는 앉지 않고 린 여왕의 호위 전사들이 검을 뽑든 말든 말을 이었다.

"지금 여기서 결정하시오. 여왕!"

엘바트론의 무례함을 더 이상 지켜볼 수 없는 그녀의 호위 전사들이 엘바트론에게 달려들었다.

"크라아아아아시!"

하지만 여왕의 호위 전사들은 엘바트론의 털끝도 건들이지 못하고 그가 내지르는 힘의 브레스에 강타당해 날아올라 천장에 한 번 그리고 땅바닥에 한 번 몸을 세게 부딪혀 정신을 잃었다.

"이런 약골놈들이 드래곤 슬레이어들로부터 그대의 왕국을 지켜 줄 거라 믿는 겁니까?"

엘바트론은 땅바닥에 대자로 뻗어 버린 여왕의 호위 전사들을 가리키며 여왕에게 물었다.

"그럼 도대체 그대는 어쩌자는 말인가요?"

엘바트론의 강력함과 카리스마에 압도된 린 여왕은 자신도 모르게 한 발 물러나며 물었다.

"린푼드라와 이 인근 숲을 숨겨서 드래곤 슬레이어들이 찾지 못하도록 만들어야 합니다."

"이 숲의 왕궁과 일대 정원들을 작은 잎사귀 하나처럼 이야기하시는군요. 린푼드라는 케이린 숲의 모든 우드엘프들을 수용할 수 있을 만큼 거대한 거목입니다. 게다가 근처 정원들은 정원사 100명이 겨우 관리를 할 수 있을 만큼 넓지요."

"그러니까 이곳을 드래곤 슬레이어들의 눈으로부터 숨겨야 합니다."

"도대체 어떻게 말이죠?"

"제가 드래곤스에 있을 때 아버님께 프란실 브레스를 배운 적이 있습니다."

"프란실 브레스?"

"신기루 나무를 만드는 브레스입니다."

"네가 그 브레스를 뿜을 수 있다는 거야?"

린 여왕이 놀라 묻자 엘바트론은 카리스마와 힘으로 린 여왕을 다그치던 조금과는 다르게 해맑게 웃으며 말했다.

"엘비스 사령관께서 뿜을 수 있는 브레스를 이 엘바트론이 뿜지 못할 리가 없지요."

"나무들을 준비해 놓겠어요."

"이 일대를 모두 가려 버릴 수 있을 만큼의 거대한 신기루가 필요합니다. 여왕님, 거목 중에 거목들로 준비해 주십시오."

"알겠어요."

회의를 끝마친 엘바트론은 여왕의 궁전을 나와 자신

의 방으로 향했는데 이상하게 발걸음 소리가 크게 나 뒤를 돌아보니 기사단장들이 뒤를 따르고 있었다.

"이제 그만 각자의 방으로 돌아가 쉬도록 하세요."

기사단장들은 아직 엘바트론에게 사령관으로써 인사를 하는 것이 어색한지 고개를 보일듯 말듯 살짝 끄덕이더니 돌아갔다.

"후우우우~"

방으로 들어온 엘바트론은 문을 잠그고 볼자카르와 플레이트 자켓를 재빨리 벗어 버리고는 쪼그리고 앉아 부들부들 떨어 댔다.

"괜찮아?"

그렁키는 엘바트론이 걱정이 되는지 그의 무릎 위에 올라 얼굴을 살폈다.

"내가 지금까지 뭘 한 건지를 모르겠어……. 드래곤스로 돌아가고 싶어. 용탄자랑 같이 드래곤스 학생으로 지내고 싶단 말이야. 이런 전쟁은 정말이지 싫어."

엘바트론은 혼자 남게 되자 그동안 내색하지 않고 꾹꾹 눌러 두었던 두려움과 그리움에 북받쳐 트래퍼스로 돌아와 울먹였다.

"나도 드래곤스 음식이 그리워. 데쓰무쓰도 보고싶

고, 도대체 이 전쟁은 언제 끝날까?"

"몰라…… 나도 모르겠다구……."

트래퍼스는 서럽게 꺽꺽거리며 울었다.

똑똑똑!

울보찌질이로 돌아온 트래퍼스의 얼굴이 눈물 범벅이
되었을 때 들릴 듯 말 듯한 소심스런 노크 소리가 들려
와 트래퍼스는 얼른 눈물을 닦고 목소리를 가다듬었다.

"들어오세요."

트래퍼스는 노크 소리가 나는 문을 향해 소리쳤지만
문은 열리지 않았다.

철컥! 철컥!

문 손잡이가 돌아가다 멈추고 돌아가다 멈추고 하는
것을 보고서야 트래퍼스는 자신이 문을 잠궜다는 것을
알아차리고는 얼른 뛰어가 문을 열었다.

"안녕하세요……."

서둘러 문을 열어보니 문 밖에는 두나린이 서 있었
다.

그녀에게서 풍기는 분위기가 사뭇 달라 트래퍼스는
그녀를 천천히 훑어보았는데 두나린은 전장에서 입었던
갑옷이 아니라 하늘거리는 원피스를 입고 있었고 몸을

씻어 전장의 피 때가 모두 사라진 상태였다.

"무슨 일로……."

"그냥 당신과 이야기하고 싶어서 왔어요."

두나린의 몸에서 비릿한 피 냄새가 아니라 향긋한 라벤더 향이 나 트래퍼스는 조금 낯설게 느껴져 계속 멀뚱히 그녀를 쳐다봤다.

"계속 이렇게 문 앞에 세워 두실 건가요?"

두나린의 말에 트래퍼스는 황급히 문을 활짝 열었다.

"우리 우드엘프들처럼 성격이 깔끔하시지는 못하군요?"

두나린은 방 곳곳에 널브러진 볼자카르와 플레이트 자켓을 집어 갑옷걸이 나무에 걸으며 말했다.

"드래곤스에 있을 때는 알아서 정리, 정돈을 해주니 할 필요가 없었거든요."

"드래곤스에도 시녀들이 있나요?"

"아니요."

"그럼 누가 정리, 정돈을 해준다는 건가요?"

"옷장이나 빗자루 뭐 그런 것들이 해주죠."

"네?"

"드래곤스에는 수많은 것들이 살아서 움직이거든요.

옷장, 빗자루, 창문, 쇼파, 침대 등등 뭐 대부분 살아서 움직이면서 자기 할 일들을 해요."

"정말 재밌는 곳에서 생활하셨네요."

"뭐 그런 셈이죠. 덕분에 가끔 그곳 생황이 그리워져서 우울해지기는 하지만요."

"저기……."

두나린은 양손으로 다소곳이 들고 있던 작은 바구니를 수줍게 트래퍼스에게 건넸다.

"제가 만든 쿠기예요. 급하게 만드느라 맛이 있을지는 모르겠네요."

"마침 배가 고팠는데 잘됐네요."

트래퍼스는 바구니에서 꽃잎 모양의 쿠기를 하나 집어 입에 넣었는데 씹자마자 발 냄새가 났다.

도대체 뭘로 만들었기에…….

트래퍼스는 맛은 있겠거니 계속 씹었는데 씹을 때마다 맛이 바뀌었다.

처음에는 각질 맛이더니 두 번째 씹을 때는 종이 맛, 세 번째 씹을 때는 흙 맛에 트래퍼스는 도처히 더 이상 씹을 용기가 나지 않아 위아래로 움직이는 턱을 멈췄다.

"맛이 없나요? 죄송해요…… 제가 너무 급하게 만들 었나 봐요……."

'도대체 얼마나 급하게 만들었길래…….'

트래퍼스는 점점 표정이 시무룩해지는 두나린을 위해 빨리 뱉어 내고 싶은 마음이 간절하지만 꾹 참고

꿀꺽!

죽을힘을 다해 삼켰다.

그리고 두나린을 보며 엄청 맛있다는 표정을 지어 보 이며 엄지손가락을 올려 주었다.

"정말 맛있네요."

트래퍼스의 말에 비로소 시무룩해져 가던 두나린의 표정이 밝아졌다.

끼이이이익…….

창문에서 부는 바람 때문일까?

분명히 닫았다고 생각했던 문이 약간 열리는 소리가 났다.

"문이 덜 닫힌 모양이에요."

두나린이 소리를 내며 약간 열린 문을 바라보는 사이 트래퍼스는 얼른 바구니 안의 흉악스런 쿠기들을 한 움 큼 집어 창문 밖으로 던져 버렸다. 그리고 다시 한 움

큼 잡았을 때

"뭐 그냥 바람 소리 같기도 하네요."

두나린이 다시 트래퍼스를 쳐다보는 바람에 한 움큼 잡은 악마의 쿠키를 창문 밖이 아닌 입속으로 던져 넣어야 했다.

"그렇게 맛있나요?"

두나린은 트래퍼스의 자포자기한 표정을 잘못 읽고 흐뭇해하며 물었다.

"그런데 저 뭐 하나 물어봐도 되나요?"

트래퍼스는 정말 쿠키를 꾸역꾸역 씹으며 억지 미소를 날리면서 고개를 끄덕였다.

"혹시…… 돌아가신 프란실 공주님의 아드님이라는 분이 그쪽인가요?"

트래퍼스는 잠깐만 기다려 달라고 손가락을 들고는 더 이상 씹기 괴로운 쿠키를 삼켰다.

"헤엑…… 헤엑…… 맞아요. 제가 프란실 공주님의 아들이에요."

트래퍼스의 대답에 두나린의 눈이 커졌다.

"그럼…… 엘비스의 아드님이라는 소리네요?"

"맞아요. 지금은 두 분 다 이 세상 분들이 아니시죠."

"죄송해요! 제가 당신의 아픈 부분을 건드렸네요."

트래퍼스는 괜찮다는 듯 살짝 웃으며 창분 밖을 쳐다 봤다.

"저 그런데 좀 전에 회의 때 여왕 폐하께서 알고 계셨던 프란실 브레스라는 게 뭔지 여쭤 봐도 될까요?"

두나린은 조금 전보다는 조심스럽게 물었다.

"프란실 브레스는 엘비스가 프란실 공주를 위해 만든 것입니다. 평소 나무를 좋아했던 프란실 공주를 위해 엘비스는 예쁜 나무 한 그루에 브레스를 뿜어 숲에서는 볼 수 없는 바다의 모습을 신기루로 만들어 내는 신기루 나무로 만들어 프란실 공주에게 선물했지요. 그때 엘비스가 나무에 뿜은 브레스가 바로 프란실 브레스죠. 프란실 브레스는 나무를 현실보다 더 현실 같은 신기루를 만들어 내는 신기루 나무로 만드는 브레스를 뜻합니다."

"그 브레스를 뿜을 수 있으세요?"

"제 아버지인 엘비스가 드래곤스 교장 선생님으로써 정체를 숨기고 제게 가르쳐 주었어요."

"프란실 브레스로 신기루 나무를 만들어 이곳을 신기루로 가리겠다는 거군요! 정말 놀라워요."

"그럼 이제 제가 한 가지 물어도 될까요?"

두나린은 의미심장한 눈으로 묻는 트래퍼스에 괜시리 가슴 설레 하며 고개를 끄덕였다.

"저는 제 아버지 엘비스에 관해서는 어느 정도 알고 있어요. 워낙에 유명한 분이시니까요. 하지만 제 어머니에 관해서는 아는 바가 별로 없네요. 제 어머니는 어떤 분이셨나요?"

"프란실 공주님께서는……."

두나린은 창가에 앉은 트래퍼스의 맞은편 의자에 앉아 그와 함께 밖을 내려다보며 프란실 공주에 대해 생각했다.

"저는 어릴 적에 미로나무 정원에서 제 언니인 캐서린과 숨박꼭질을 하면서 놀기를 좋아해서 틈만 나면 미로나무 정원을 찾았었죠. 그러다 어느 날 여느 때와 다르지 않게 언니와 미로나무 정원을 찾은 저는 술래가 된 언니가 눈을 감고 숫자를 세는 동안 깊숙이 숨었는데 그때 프란실 공주님을 처음 보았어요. 공주님께서는 미로나무 정원에서 꽃을 꺾고 계셨는데 공주님께서 품 안에 가득 끌어안은 꽃이 공주님의 미모에 아름다움과 향기를 모두 잃은 것처럼 공주님께서는 아름다웠죠."

Dragon Rider

"어머니의 생김새는 이미 알고 있어요. 관 속에 잠든 모습을 보았거든요. 성격은 어땠나요?"

"글쎄요…… 제가 프란실 공주님의 시녀가 되는 영광을 누릴 수 없어서 그녀의 성격을 잘 모르겠네요. 아드님이 모르는 걸 같은 동족일 뿐일 제가 어떻게 알 수 있겠어요?"

"그렇긴 하네요."

트래퍼스는 실망스러운 듯 하늘을 올려다보며 아버지였던 어머니와의 생활을 떠올리며 그녀는 실제로 어떤 사람이었을까 생각했다.

"그런데 한 가지 확실하게 알고 있는 게 하나 있어요."

하늘을 올려다보며 어머니 생각에 빠진 트래퍼스는 두나린의 말에 그녀를 다시 쳐다보았다.

"당신이 프란실 공주님과 많이 닮았다는 거."

"제가요?"

"당신의 용기나 능력, 눈동자와 머리색은 분명 엘비스를 닮았지만 당신의 눈꽃 같은 새하얀 피부나 이목구비 생김새는 정말…… 프란실 공주님과 같으세요."

"이모님께서도 그렇게 말씀하시더라구요."

"정말 많이 닮으셨어요. 저 실례가 안 된다면 한 가지 부탁 하나 해도 될까요?"

"무슨 부탁이요?"

"사실…… 프란실 공주님을 볼 때마다 공주님의 아름다운 미모를 한 번 손으로 만져 보고 싶었거든요. 하지만 일개 우드엘프 여인이 공주님이 얼굴을 만질 수가 없었어요. 그래서…….''

두나린은 부탁하기가 민망한 지 말꼬리를 흐렸다.

"땀으로 범벅된 기사의 얼굴이라도 괜찮겠어요?"

트래퍼스는 주저앉아 우느라 눈물, 땀이 범벅이 되어 있는 얼굴이 쑥스러워 물었다.

"네. 허락만 해 주신다면…….''

두나린은 허락을 구하며 손을 천천히 트래퍼스의 볼에 가져다 댔다.

"사실…… 투구를 벗은 당신의 얼굴을 처음 본 순간 저는 당신이 프란실 공주님의 아드님이라는 걸 알았어요. 미로공원에서 보았던 프란실 공주님의 얼굴과 당신의 얼굴이 너무나 똑같았거든요. 저는 드래곤 슬레이어들을 죽이고 저희들을 구한 당신의 얼굴을 보고 프란실 공주님께서 기사로 환생하시어 우리들을 찾은 줄 알았어요."

두나린이 트래퍼스의 얼굴을 뚫어지게 쳐다보며 그의 볼을 만지려는데

쾅!

갑자기 문이 쾅! 하고 열렸다.

문을 발로 뻥! 차서 연 주인공은 바로 피오란 공주였다.

그녀는 뭐가 그렇게 분한지 씩씩거리며 트래퍼스와 두나린을 노려보고 있었다.

"공주께서 여긴 무슨 일로 오신 겁니까?"

트래퍼스는 피오란 공주를 쳐다보며 사무적인 말투로 물었다.

"너희들 여기서 뭐하는 거야!"

피오란 공주는 무슨 불륜 현장이라도 급습한 듯이 소리쳤다.

그 소리에 두나린은 얼른 손을 트래퍼스의 볼에서 땠다.

"두나린과 이야기를 나누고 있었습니다. 한 번 더 묻겠습니다. 여긴 무슨 일로 오신 겁니까?"

트래퍼스는 갑자기 들어와 소리치는 피오란 공주의

행동이 상당히 언짢아 눈살을 찌푸리며 물었다.

"어, 어마마마께서 너, 너를 조, 좀 보자셔!"

프란실 공주의 장례식 이후 180도 달라진 트래퍼스의 행동에 피오란 공주는 당황해하며 말을 더듬었다.

"곧 찾아뵙겠습니다. 공주님께서도 저와 같이 있는 게 편하지만은 않을 테니 그만 돌아가십시오."

"지…… 지…… 지…… 지……."

"네?"

트래퍼스는 옛날의 자신처럼 말을 더듬는 피오란 공주의 말이 도대체 무슨 말인지 알 수가 없어 되물었다.

"지지지지지지지금 데리고 오래!"

❖   ❖   ❖

졸탄 왕자와 처절한 전투를 벌인 끝에 그의 목을 취한 용탄자는 혼혈족 진영으로 돌아와 쓰러졌고 달리온에게 업혀 막사로 들어온 용탄자를 달루네가 보살폈다.

하게둔은 정신을 잃고 쓰러진 용탄자의 호주머니에서 날개가 부러진 채 자고 있는 데쓰무쓰를 꺼내 자신의 막사로 데려와 치료를 시작했다.

"……!"

며칠 후 의식을 회복한 용탄자는 누워 있던 침대에서 벌떡 일어나 주변을 경계했다.

"으윽!"

다 낫지 않은 몸을 급히 일으키는 바람에 통증이 뒤통수를 후려치듯 몰려와 현기증이 일어났다.

철썩!

용탄자가 다시 땀이 흥건한 베개에 쓰러지듯 누웠을 때 며칠간 밤낮으로 용탄자의 상처를 돌보다 주저앉아 침대 한 켠에 머리를 괴고 자고 있던 달루네가 용탄자의 신음 소리에 부스스한 머리를 들었다.

"어! 일어났네!"

달루네는 용탄자가 눈을 뜬 것에 놀라 기뻐했다.

"무슨 송장이 벌떡 일어난 나는 걸 본 것처럼 놀라노? 나는 디거스에 매장된 송장이 아니라 아직 멀쩡하게 살아 있는 사람이다."

용탄자는 자신을 기적을 보듯 놀라하는 달루네의 모습에 머슥해하며 침대에서 일어서려 했다.

"아직 움직이면 안 돼! 몸이 다 낫지 않았다구."

달루네는 몸을 일으키는 용탄자를 말렸지만 용탄자는

달루네의 만류를 무시하고 두발을 땅에 딛고 일어났다.

"으으으……. 온몸이 다 뻐근하네."

용탄자는 몇 년을 안 움직인 것처럼 뻑뻑한 허리를 폈는데 허리를 펴며 배가 당겨지자 복부에 있는 상처가 조금 다시 찢어져 피가 흘러내렸다.

"용탄자! 아직 멋대로 움직이면 안 돼!"

달루네는 용탄자의 복부에서 피가 흘러내리자 얼른 하얀 천으로 닦으며 용탄자의 머리를 쥐어박았다.

"상처가 다시 벌어졌잖……."

달루네는 금세 붉은 천으로 바뀐 천을 버리고 다시 새 하얀 천을 용탄자의 복부에 가져다 대려 했는데 그럴 필요가 없었다.

"이게 불멸의 전사로 불리는 용아족의 왕족이 가진 회복력이라는 거구나……."

용탄자가 의식을 회복하자마자 빠른 속도로 몸을 회복시키고 있는 왕의 회복력을 눈으로 본 달루네는 벌써 다 아물어 가는 용탄자의 복부에 난 상처를 만지며 신기해했다.

"헤헤헤헤! 간지럽다."

용탄자는 상처 자국이 서서히 사라져 가는 복부를 만

지는 달루네 때문에 간지러워 웃으며 팔딱거렸다.

"그런데 데쓰무쓰는?"

간지러워 팔딱팔딱거리며 달루네에게서 떨어진 용탄
자는 데쓰무쓰를 넣어두었던 호주머니가 허전해 달루네
에게 물었다.

"하게둔 님께서 치료 중이셔."

"그래?"

"아참! 대전사님께서 네가 일어나면 네 피를 받아 가
져오래."

"왜?"

"나도 방금까지는 잘 몰랐는데 이제는 알 것 같아.
네 피가 가진 회복력을 빌려서 데쓰무쓰를 치료하려는
거야."

"그래?"

달루네의 말에 용탄자는 곧바로 탁자 위에 놓여 있는
단도를 집어들어 손바닥을 그어 피가 흘러내리는 손을
달루네에게 내밀었다.

달루네는 용탄자의 피 몇 방울이 땅바닥에 스며드는
것이 아까워 더 많은 핏방울이 땅바닥에 낭비되기 전에
황급히 주머니에 넣어 둔 향수병 같이 작고 예쁜 병을

꺼내 흘러내리는 용탄자의 피를 받았다.

"이거…… 하게둔 님 막사에 전해 주고 금방 다시 올 게."

달루네는 용탄자가 무슨 연기처럼 사라져 버리기라도 할 것처럼 신신당부를 하더니 부리나케 하게둔 막사로 뛰어갔다.

달루네는 정말 금방 하게둔 막사로 들어가 하게둔에게 용탄자의 피를 전해 주고 돌아왔지만 정말 연기가 되어 사라져 버리기라도 한 것처럼 용탄자는 없었다.

막사 안이 갑갑한 용탄자는 달루네가 막사를 나가고 난 뒤 바로 나와 바다에서 불어오는 바람을 쐬며 걸었다.

조금 걸으니 바다가 한눈에 내려다보이는 가파른 낭떠러지가 나왔다.

용탄자는 낭떠러지에 걸터앉아 바다를 내려다보았는데 움직이지 않는 승객을 태운 천 척의 배들이 노도 없이 그냥 파도에 실려 어디론가로 떠나가고 있었다.

"이제 일어나신 거요, 왕자?"

딸아이가 혼혈족 진영의 막사라는 막사는 모두 뒤져볼 기세로 분주하게 뛰어다니는 것을 보고 용탄자가 깨어났음을 알아차린 달리온은 혼혈족 진영을 이리저리 살피다 낭떠러지에 발을 내리고 있는 용탄자를 찾아 그의 옆에 앉았다.

"달리온…… 저는 왕자가 아니라니까요."

용탄자는 이제 말하기도 입이 아픈지 피곤한 듯 인상을 찡그리며 답했다.

"오! 벌써 졸탄 왕자가 입힌 지독한 상처들이 다 나았군! 말로만 듣던 왕의 회복력을 직접 보게 될 줄이야!"

"달루네도 왕의 회복력이니 뭐니 하던데. 도대체 왕의 회복력이라는 게 뭔데요?"

"용아족의 진정한 왕족인 붉은 눈일족의 사람들은 세 가지의 왕의 징표를 가지고 있다고들 하지. 그 징표는 왕의 회복력, 왕의 목청, 왕의 손이오. 그중 왕의 회복력은 말 그대로 놀랍도록 뛰어난 회복력이지. 때문에 왕가의 사람들은 전장에서 아무리 큰 상처를 입었다한들 며칠 밤낮이면 금방 회복해 버려서 붉은 눈 일족을 죽일 수 있는 것은 오로지 시간밖에 없다고 했소."

"그런 왕의 징표가 왜 저한테……."

"왕가의 사람이니 당연한 것 아닌가! 왕자께서 왕의

징표를 가지고 있지 않으면 누가 가지고 있을 수 있겠소. 왕자."

용탄자는 괜히 물었다 싶어 다시 바다를 쳐다보았다.

"그런데 저기 떠가는 많은 배들은 다 뭐예요?"

"장렬히 싸우다 전사한 자랑스런 혼혈 전사들을 저승의 세계로 인도하는 배들이오. 왕자께서 죽인 졸탄 왕자의 잘린 목을 보고 떠났으니 분명히 저들도 홀가분한 마음으로 저승으로 향할 테지……."

"죽은 붉은 눈썹 전사들하고 그놈들의 드래곤들은 모두 어떻게 하셨어요?"

달리온은 검고 매케한 연기가 치솟고 있는 시체산을 가리켰다.

"조상 대대로 살아온 이 땅을 훼손시킨 놈들은 저승을 건너 조상을 뵐 자격이 없소. 그들은 불타 잿더미가 되어서 원령으로 자기들이 훼손시킨 땅을 떠돌면서 후회하고 또 후회할 거요."

"얼마나 더 많은 붉은 눈썹 전사들을 원령으로 만들어야 전쟁이 끝날까요?"

용탄자는 하늘로 뭉개뭉개 올라가는 연기를 따라 시선을 하늘로 올리다 막막해져 물었다.

"모르긴 몰라도 저것보다 훨씬 높은 시체산이 필요할 테지……."

달리온은 용탄자의 어깨를 툭 치며 자리에서 일어나 어디론가 가 버렸다.

용탄자는 저승으로 가고 있는 천 척의 배가 수평선을 너머 사라져 버릴 때까지 지켜보다 자리에서 일어났다.

"쩝쩝쩝쩝쩝!"

용탄자는 막사로 향하다 막사에서 흘러나오는 요란한 소리에 혹시 내 막사가 여기가 아닌가 싶어 주변을 둘러보고 막사를 확인했는데 분명 아까 전에 나온 막사가 분명했다.

들어가 보니 데쓰무쓰가 왼쪽 날개에 붕대를 감은 채 고래고기를 개걸스럽게 먹고 있었다.

"왔냐?"

데쓰무쓰는 고래고기를 뜯다 용탄자를 심드렁하게 쳐다보며 인사를 건네더니 다시 고래고기에 집중했다.

"뭔 고래고기고?"

용탄자는 식탁 의자에 앉아 고래고기를 보며 물었다.

"몰라."

"그런데 니는 언제 왔는데? 날개는 다 나았나?"

"좀전에 왔어. 하게둔이 달루네가 허겁지겁 가지고 온 병 안에 든 피를 나한테 주길래 먹었는데 그걸 먹으니까 누가 창지팡이로 푹 찔러서 아작 낸 내 왼쪽 날개가 잘 움직이더라구."

"창지팡이로 부러진 니 왼쪽 날개 펼쳐서 니 살린 그 아무개 피 먹고 나았으면 감사하다고 절을 할 것이지."

"그게 네 피였어? 어쩐지 맛이 드럽게도 없더라니……."

"뭐? 기껏 살려 놨더니만! 내 피 도로 뱉어 내!"

"옛다! 카아아아악! 푸웁!"

데쓰무쓰는 빌린 돈 갚으라느듯 까닥거리는 용탄자의 손에 침을 뱉었다.

"야이! 갖고 와 이거 다 내 거다!"

용탄자는 떼인 돈 대신 받은 드래곤의 침을 탈탈 털어 버리고는 데쓰무쓰가 먹고 있는 고래고기를 접시째 뺏어 와구와구 먹어 댔다.

"야! 형님 식사하는데!"

데쓰무쓰는 용탄자가 고래고기를 다 먹어치우기 전에 얼른 접시 속으로 다이빙해 용탄자보다 더 많이 먹으려

볼이 터질 정도로 고래고기를 씹어 댔다.

"꺼억!"

데쓰무쓰는 자신보다 고래고기를 더 많이 먹은 것 같
은 용탄자에게 트림을 발사했다. 하지만 용탄자는 태연
히 데쓰무쓰의 트림을 입을 벌려 삼키더니

"꺼어어어억!"

더 큰 트림을 데쓰무쓰에게 발사했다.

데쓰무쓰도 지지 않고 용탄자의 트림을 꿀꺽 삼키더
니

"꺼어어어어어억~"

용탄자보다 더 더럽고 냄새 나고 소리 큰 트림을 용
탄자에게 날렸다.

"꺼어어어어어어어어어어억~"

트림이 용탄자와 데쓰무쓰의 입을 왔다 갔다 하면서
점점 강력한 독가스로 변해 가고 있을 때 혼혈 전사 한
명이 용탄자의 막사로 들어왔다.

"달리온 족장께서 지휘부 막사에서 왕자님을 기다리
고 계십니다."

혼혈 전사는 의식과 상처를 회복한 용탄자에게 반갑
게 인사를 하고 말을 전했다.

"예."

용탄자의 대답에도 혼혈 전사는 막사 입구에서 요지부동이었다.

"달리온 족장께서 혹시 왕자님의 거동이 불편하실 수 있다 하시며 모셔 오라 말씀하셨습니다."

용탄자는 혼혈 전사의 말에 두 발로 일어나 당당하게 걸어가 장난치듯 말했다.

"거동은 보시는 바와 같이 불편하지 않죠? 졸탄 왕자 따위를 잡는데 설마 제가 죽을 고비라도 넘겼을까 봐요?"

혼혈 전사는 붉은 눈썹 전사들 중 최고 전사인 졸탄 왕자의 목을 베고도 온전히 살아 있는 용탄자가 신기한지 아니면 자랑스러운지 용탄자를 뚫어지게 쳐다봤다.

"그쪽도 수고하셨어요."

"말씀 낮추십시오. 왕자님께 존대를 받다니 이놈의 얼굴이 다 화끈거립니다. 그럼 저는 이만."

혼혈 전사는 용탄자에게 고개 숙여 인사를 한 뒤 막사를 나갔다.

"저놈의 왕자 소리는 어떻게 해야 안 들을 수 있을는지……"

"잘하면 여기 전쟁이 끝나도 드래곤스로 돌아갈 수 없을 수도 있겠는데 왕자님?"

"여기 전쟁을 빨리 끝내야 다크 메인이 이끄는 드래곤 슬레이어들을 상대할 군대를 얻을 수 있다. 이 멍청아!"

"드래곤 슬레이어들을 상대할 그 군대를 너랑 나랑 이끌어야 될 거 아니야? 이 멍청아! 넌 용아족의 왕자로 나는 왕자의 드래곤으로 말이야."

"미쳤나? 군대는 하게둔이 이끌 거다. 난 그냥 전쟁에 참가하는 전사로 싸울 거라고."

"그게 잘될까나? 저놈들 태도로 봐서는 널 그냥 전사로 두지는 않을 것 같은데?"

"안 두면 어쩔 건데? 야! 오골계! 니하고 내하고 이 모든 전쟁을 끝내고 돌아가야 될 곳은 드래곤스다! 아직 드래곤스 그랑프리도 못 끝냈구만!"

"드래곤스 생각하니까 두 뚱땡이 생각난다."

"그러게…… 그놈들은 잘하고 있으려나."

용탄자는 데쓰무쓰와 드래곤스와 트래퍼스, 그렁키에 대한 이런저런 이야기를 나누다 밖에서 들리는 '왕자님.' 이라는 소리에 막사를 나와 지휘부 막사로 향했다.

지휘부 막사에서는 달리온과 달루네 그리고 하게둔이
모여 앉아 심각하게 무언가를 논의하고 있었다.

　"어서 오시게. 왕자."

　달리온은 지휘부 막사로 들어오는 용탄자를 반겼다.

　탄자는 반겨 주는 달리온에게 인사를 하고 하게둔의
옆자리에 앉았다.

　하게둔은 마련된 자리에 앉는 용탄자의 등을 탁! 때
리며 반가움을 표시했다.

　"막사에 고래고기 차려 놓은 사람이 혹시 달루네 니
가?"

　"응. 맛있게 잘 먹었어?"

　"어 맛있더라. 그런데 니 어디 아프나? 안색이 왜 이
렇게 창백하노?"

　용탄자는 지독한 독감에 걸린 사람처럼 낯빛이 안 좋
은 달루네에게 걱정스럽게 물었다.

　"아. 아니⋯⋯."

　달루네는 황급히 얼굴을 돌려 용탄자의 시선을 피했
다.

　게둔은 용탄자의 무지함에서 나오는 무심함에 고개를
절레절레 흔들었다.

"단도직입적으로 묻겠소, 왕자!"

달리온은 달루네의 얼굴을 쳐다보는 용탄자에게 더 이상 참을 수 없다는 듯 소리쳤다.

"뭐, 뭘요?"

귀청이 따갑게 울리는 달리온의 목소리에 용탄자는 달루네를 쳐다보는 시선을 거두고 물었다.

하게둔은 딸아이를 병들게 만든 용탄자에게 소리치는 달리온의 반응이 당연하다는 듯이 고개를 끄덕였다.

하지만 하게둔의 끄덕임은 오래가지 못했다.

"이제 우리들은 어떡해야 될 것 같소? 다음 우리의 작전이 뭐요?"

"그걸 왜 저한테?"

하게둔은 답답이들 두 명 덕분에 답답해져 한숨을 푹 내쉬더니 작전이나 논하자 싶어,

"제국의 왕 조라크가 지금 계속해서 정찰병들을 우리 쪽으로 보내고 있다. 다행히 용작살포로 정찰병들을 이 곳 소식을 가지고 제국으로 돌아가기 전에 추락시키고 는 있지만 조만간 이곳 소식을 알게 될 거야."

"제국의 왕자를 잃었다는 소식을 알게 되면 분명 제국의 왕 조라크는 제국의 모든 병력을 총 집결시켜서

우리들을 쓸어버리려고 할 거구요."

"잘 알고 계시군. 왕자, 그러니 우리에겐 다음 작전
이 필요하지."

"지금 우리들의 병력이 얼마나 돼요?"

"4천 명의 혼혈 전사들이 있었지만 졸탄 왕자와 그
의 정예 전사들을 상대하다 죽은 혼혈 전사가 2천 3백
명 그리고 전투불능 상태가 된 부상자가 7백 명이야."

"그럼 우리들이 가진 병력은 고작 천 명이란 말이네
요?"

"그런 셈이지."

"천 명으로 만 명이 될지 그 이상이 될지도 모르는
왕의 군대를 상대할 수는 없어요."

"그러니까 작전이 필요한 거 아니오, 왕자?"

"아무리 용탄자라고 해도 천 명의 전사로 왕의 군대
를 물리칠 수 있는 작전을 세우기는 힘들 거야. 달리
온."

"그럼 이대로 앉아서 당하자는 말인가, 하게둔?"

"원군이 없는 한 우리에게 승리는 없어."

"도대체 어디서 원군을 얻어 오자는 말인가? 지금
이곳에 있는 우리들이 저 붉은 눈썹 놈들에게 대항할

수 있는 유일한 존재야!"

달리온은 답답함에 용아족 섬의 전체 지도가 펼쳐져 있는 기다란 상아 책상을 내려쳤다.

"드래곤 장로님께서만 계셨더라도……."

달리온의 혼잣말에 용탄자는 혹시나 하는 마음에 물었다.

"드래곤 장로라는 그 드래곤이 그렇게 강력해요?"

"그걸 말이라고 하는 거요? 만약 메켄타스 님께서 붉은 눈썹 일족을 자식들로 여기시지 않으셨다면 그들은 모두 저 우스꽝스런 제국을 세워 보지 보지도 못하고 모두 다 몰살당했을 거요!"

"그런데 왜……."

"메켄타스 님은 비록 반역으로 일어서 다른 일족들을 억압한 붉은 눈썹 일족도 다른 일족들과 마찬가지로 자식으로 여기고 있는 거지. 그래서 그들을 징벌하지 못하시고 순순히 용아족 섬을 떠났을 거다."

"그렇게 강력하다면 우리의 든든한 원군이 되어 줄 수도 있겠네요!"

"쉽지 않을 거요. 왕자…… 메켄타스 님께서 붉은 눈썹 일족을 벌하기로 마음을 먹으셨다면 용아족섬을 떠나지도 않았을 거요. 그 죽일 놈들을 아직도 자식으로 여기고 있는 메켄타스 님을 설득할 수 없을 거요. 어떻게 부모에게 자식을 죽이라 설득할 수 있겠소."

"우리들 역시 드래곤 장로의 자식들이잖아요. 그렇죠?"

"그건 그렇지."

"그럼 우리들의 부탁 역시 무시하시지는 못하겠죠. 무슨 수를 써서라도 설득해서 드래곤 장로를 다시 용아족 섬으로 데려와야 조금의 승산이라도 있어요."

"당신께서 예언하셨던 왕자의 설득이 어쩌면 통할 수도 있겠군."

"하지만 메켄타스 님께서 망명하셨다는 독립적인 데쓰몰 혈족이 사는 섬은 거칠고 야만스럽기가 우리보다 더한 바이킹 부족들이 사는 고그락스 바다 너머에 있어. 과연 그 섬에 다다를 수 있을 것 같소, 왕자?"

"왕의 군대와 전투를 벌이는 것보다는 승산이 높을 것 같은데요?"

"나도 고그락스 바다로 향하는 것이 맞다고 보네, 달리온."

"나는 반대야! 우리가 고그락스 바다를 건너 드래곤

장로를 용아족 섬으로 모셔 오는 동안 이곳에 남을 우리 혼혈족 여인들과 아이들은 제국의 노예로 끌려갈 것이 분명하네!"

"저 역시도 그 꼴은 지켜볼 수가 없어요. 대전사님."

용탄자의 제안에 하게둔은 동의했지만 달리온과 달루네는 반대했다.

"우리가 드래곤 장로를 찾아 고그락스로 향할 때 이곳에는 아무도 없을 거예요. 아니, 이곳이 아예 없을 겁니다."

〈『드래곤 라이더』 제5권에서 계속〉

1판 1쇄 찍음 2013년 5월 9일
1판 1쇄 펴냄 2013년 5월 14일

지은이 | 이정규
펴낸이 | 정 필
펴낸곳 | 도서출판 뿔미디어

편집장 | 이재권
기획 · 편집 | 심재영
편집디자인 | 이진선
관리, 영업 | 김기환, 임순옥

출판등록 | 2002년 9월 11일 (제1081-1-132호)
주소 | 부천시 원미구 상3동 533-3 아트프라자 503호 (우)420-861
전화 | 032)651-6513 / 팩스 032)651-6094
E-mail | bbulmedia@hanmail.net

값 8,000원

ISBN 978-89-6775-298-9 04810
ISBN 978-89-6775-187-6 04810 (세트)